滹沱帆影

乔秀清 —— 著

中国言实出版社

图书在版编目（CIP）数据

滹沱帆影 / 乔秀清著 . -- 北京 : 中国言实出版社，
2024.5

ISBN 978-7-5171-4802-9

Ⅰ . ①滹… Ⅱ . ①乔… Ⅲ . ①诗集－中国－当代
Ⅳ . ①I227

中国国家版本馆 CIP 数据核字 (2024) 第 075276 号

滹沱帆影

责任编辑：王蕙子
责任校对：张国旗

出版发行：中国言实出版社
   地 址：北京市朝阳区北苑路180号加利大厦5号楼105室
   邮 编：100101
   编辑部：北京市海淀区花园北路35号院9号楼302室
   邮 编：100088
   电 话：010-64924853（总编室） 010-64924716（发行部）
   网 址：www.zgyscbs.cn 电子邮箱：zgyscbs@263.net

经 销：新华书店
印 刷：北京铭传印刷有限公司
版 次：2024年8月第1版 2024年8月第1次印刷
规 格：787毫米×1092毫米 1/32 8.5印张
字 数：160千字

定 价：49.00元
书 号：ISBN 978-7-5171-4802-9

云帆万里月满船

王宗仁

熟悉军旅作家乔秀清的人都知道，无论是他的诗歌还是散文，大部分作品都流露出乡情乡味、乡思乡愁。他的新著诗集《滹沱帆影》，反映出这位共和国老兵行程万里心系故乡，"乡思如云，乡愁如雨"。正如他在一首《秋思》中所云："霜寒染枫林，野旷鸣孤鸿，秋思暖冷月，乡情绕博陵。"（博陵：乔秀清的故乡河北省安平县）

秀清生长在冀中平原，是滹沱河水喂养大的农民的儿子，他的写作像他从事政工领导工作时一样，乍看风轻云淡，细琢磨却激溅着这条革命河水的通透和豁达。参军远离家乡数十载，他一直没有忘记养育他的那片故土和乡村父老。他觉得自己就像滹沱河的一片孤帆，在从军的岁月里四处奔波，直到天涯海角，但总是被故乡的明月当空照着，而故乡人也会在月光下看到远去的帆影。

早在读高中时，乔秀清便开始写诗了，他作为班里的语文课代表，深受语文老师徐家良的关爱，在文学方面得到恩师不吝赐教。1965 年初，正在读高二的乔秀清被批准参军，临别时，徐家良老师特意写了一首诗："是雄鹰，抖开健翅；是骏马，放开四蹄；是好汉，把卫国的重担挑起！风风雨雨，洗掉书生气；霹雳雷电，炼成军人体；刀刀枪枪，化作诗篇满天飞！"半个世纪过去了，乔秀清虽未达到"诗篇满天飞"，但他在繁忙的工作之余坚持写作，退休后仍笔耕不辍，在文学方面颇有成就，目前已出版诗集《彩雪》和两部散文集《柳笛》、《洗脸盆里的荷花》，《义门秋雨》马上付梓。

品读乔秀清的诗作，不能不被诗人的真情、才气、浪漫和豪迈所打动。

情真意切，是乔秀清诗歌的一个显著特色。特别是他的思乡诗，如涓涓泉水，清澈透明，点点滴滴，撞击着人们的心灵。他在《远方》中写道："远方究竟在何方？那是我梦的故乡。远方究竟有多远，只能用思念来丈量。那记忆中的小河，是否还是金波荡漾？船上的渔夫，双桨摇醒熟睡的太阳……"寥寥数语，把乡思乡恋、乡情乡愁表现得淋漓尽致。对于每一位远方游子来说，思念故乡是人之常情，正如李白诗中坦言："今夜曲中闻折柳，何人不起故园情。"故园是生命的摇篮，对于乡村的孩子来说，儿时的记忆值得一生珍惜。《老兵的乡愁》，字字句句是诗人真情的表白："参军离乡几十载，金戈铁马伴乡愁。乡愁是村边那口古井，井水像母亲的乳汁一样清淳。乡愁是街旁那个石碾，滚动着流金般的岁月。乡愁是门前那棵老槐树，至今犹记醉人的槐花香。乡愁是自家场地那片枣林，秋天屋顶铺满了红玛瑙。乡愁是奶奶那架纺车，线儿牵着日月走。乡愁是母亲的织布机，梭儿穿落满天的星斗。乡愁是父亲那把锄头，伴着汗水把泥土湿透。乡愁是姐姐的羽毛毽子，凌空飞舞让我看不够。乡愁是墨水瓶自制的小油灯，油烟熏得鼻孔黑黝黝。乡愁是父亲给我买的一支钢笔，井边取水不慎掉进了井口。乡愁是我那柄歪脖子镰刀，拾柴砍草伴我几度春秋……"这情切切意绵绵的诗句，捧出一颗晶莹透明的童心，奏响一曲感人至深的童年歌谣。

才气过人，在乔秀清的诗歌中得到充分体现。三十年前，乔秀清写的组诗《天使的微笑》，《解放军报》以半个版的篇幅发表，乔秀清在解放军总医院全院大会上声情并茂地朗诵，好评如潮，这十首散文诗组成的赞美白衣天使的组诗，获得军委原总后勤部文学创作奖。毫不夸张地说，这十首散文诗，构思的巧妙，语言的凝练，节奏的明快，感情的真挚，是不可多得的。诗人的才气，还表现在想象力的丰富，比喻的贴切。备受电影艺术家田华称赞的一首小诗《采春》即是如此："采一抹柳梢的嫩绿，献给你，愿你蓬勃的青春，充满春天的气息；采一抹迎春的鹅黄，献给你，愿你金色的理想，永远忠贞不渝；采一抹桃花的娇红，献给你，愿你彩色的生活，像花儿一样美丽；采一抹梨花的雪白，献给你，愿你透明的心灵，永远洁白如玉。"选入《滹沱帆影》的有一部分禅诗，彰显了诗集的深度和作者的才情。其中，《风花雪月皆禅意》耐人寻味："风吹过来，风没动，那是在静谧的世界里，心在动；花开了，烂漫了你的眸子，花本无色，那是你对色的浪漫感知；雪在飘，满天的白絮，其实是一种幻景，因你那纷乱的思绪；月很姣美，月亮有心，也有眼，你看着她，她也看着你。"

浪漫潇洒，是乔秀清倡导的一种诗风。赏读其诗作，给人一种轻松愉悦的感觉，常常会陶醉于飘飘欲仙的奇妙境界。比如他写的《江城赋》："雾锁江城，不见琼楼玉阁，何处寻黄鹤？只见高柳鸣蝉，绿叶粉荷，三镇灯火。月下东湖，

睡美人，江城，千载悠悠，怀抱玉琵琶，弹奏一江雪浪花。"把东湖比喻为睡美人，长江比喻为玉琵琶，这是新颖独特的想象。再读一读《二月》："二月，大地解冻了，小草钻出地皮，给春天一个吻；二月，河冰融化了，浪花飞溅跳跃，给春天跳个舞；二月，小鸟出巢了，扑闪着翅膀，给春天一个拥抱；二月，桃花要开了，粉红的脸颊，给春天一个微笑；二月，诗心萌动了，嫩绿的诗句，给春天一个赞美。"当你读着这些诗句，你不觉得像在品尝一杯醇香的美酒、聆听一曲悠扬的牧笛，拟或是揽一轮皎洁的明月、浴一阵清凉的春风吗？

铿锵豪迈，是乔秀清追求的高古诗韵。或许是因为他本质是一位军人，军营的熏陶，军人的气质，军人的豪放，使他的一些诗句如青松挺拔，如磐石坚硬，如瀑布奔泻。"半生戎马志未酬，报国随时可断头，虎啸龙吟笔做剑，不是将军也风流！"一首《六十抒怀》，何等气派！"笔扫太行云，诗惊黄河浪，五台迎狂客，满纸现佛光。"乔秀清应邀参加五台山书法笔会现场写的这首诗，语惊四座，博得众人喝彩。

五十多年前，乔秀清应征入伍，迎着东方的太阳奔向北方的军营。他像滹沱河的一叶扁舟，扬帆起航，舟行万里，"直挂云帆济沧海"。如今，这小舟载着故乡月归来了，迎接他的，是他日夜牵挂的淳朴善良的故乡人。

2024 年 2 月 3 日望柳庄

（作者系中国散文学会名誉会长、著名作家）

目录

第三章　曲中折柳

（思乡篇）

第四章　明月琴心
（情感篇）

第五章　心灯哲语
（智慧篇）

第一章

铁马冰河

（军旅篇）

滹沱河

我是滹沱河边土生土长的农民的儿子。

自从穿上军装，离开了故乡，滹沱河就日夜在我心里流淌，那如泣如诉的流水声，仿佛是母亲的呼唤……

波光

朝含晨曦，流动一湾胭脂，滹沱河，那是你送给平原的一条红色的飘带吗？

暮融夕阳，飘浮一河碎金，滹沱河，那是你送给平原的一条金色的项链吗？

平原的黎明和黄昏，因你而生动多彩！

河边捕鱼人，在波光中打捞着漫长而艰辛的岁月。波光里，有日出的壮美，也有日落的雄浑。

那粼粼闪动的波光，似母亲明亮的眼神，一直围绕着我。波光中有我童年的影子。

自从上游修建水库，河水断流，河道只剩下一股缓缓流动的污水，散发着刺鼻的味道。裸露的河床，风沙肆虐着昼夜。而河的上游，因有了那个明镜般的水库，呈现出前所未有的美丽风景。

滹沱河呵，母亲，你被拦腰斩断，把幸福给了上游百万群众，把痛苦留给了自己和儿女。对这种大爱，我至今没有理解，总是心存幽怨。

这些年，我每次回家探亲，路过滹沱河，都要寻觅逝去的波光。聆听那萧萧的风声，似乎是母亲绵绵的絮语，慰藉着我受伤的心灵。我心灵的伤痕无法抚平了。我反反复复地想，逝去的波光还能重现吗？

那遥远而美丽的波光，常常浸湿我的梦。我相信，逝去的无法重现，不管现实多么美好，却永远不能替代逝去。

帆影

孩童时代，我经常站在河边，遥望河中的帆影。

近了，近了，一群白蝴蝶飞来了，飞到我的眼前；

远了，远了，一片片白云飘走了，飘到了天边。

我曾看见，太阳在帆影里照镜子，月姑娘在帆影里巧梳妆，故乡大平原在帆影里孕育着希望……

童年的眸子充满好奇，那渐近渐远的帆影幻化出一个童话世界。

帆影，恰似我童年的憧憬，时而清晰，时而朦胧。其实，清晰和朦胧都不重要，重要的是纯真的心灵升起的憧憬总是那般美丽！

或许，那帆影寄予了平原人的理想和追求。所以让我一望而生仰慕之情。

不知何时，希望之帆在我心灵的天空升起，从此我不再消沉！

如今，由于河水干涸，再也看不到渐近渐远的帆影了，取而代之的是桥上来来往往的汽车。

汽笛声声，送走了平原古老的年代，迎来了人们盼望已久的繁荣盛世。

繁荣固然令人羡慕，而古朴却让人眷恋。

远离故乡数载，我许多的梦留给了帆影。

桨声

在我儿时的记忆里，故乡冀中大平原最动听的音乐，是滹沱河的桨声。

桨声像炕头上老奶奶的纺车声，

桨声像村边庄稼汉的辘轳声，

桨声震落了黎明的残星，

桨声摇碎了天边的新月……

我和捕鱼人在桨声里分享鱼满舱歌满船的喜悦。

在桨声里，我渐渐长大了。于是，我像祖辈那样摇动双桨，让生命之船在岁月的河流里飘荡，义无反顾地驶向理想的彼岸。

几十年过去了，我这个共和国的老兵手中还紧握着祖辈传下来的双桨，抨击奋进，一刻也不曾停歇，只要生命不息，手中的双桨就不会舍弃。

桨声，是母亲的叮咛，也是我生命的音符！

雪人

风卷着雪花在天空狂舞

村里村外都被白雪覆盖

母亲送我参军到村口

站在雪地，久久不肯离开

忽忽的北风吹乱了她的头发

飘落的雪花让她全身变成了洁白

雪人，我慈祥的母亲

凝望我走进茫茫的雪海

我回头眺望村口的雪人

母亲的泪滴挂满两腮

那依依不舍的目光

透出对儿子的期待

抗战十四年，也是那个村口

留下母亲一次次同样的期待

当年的妇救会主任

给八路军送去一大批农民的后代

母亲呵，我的亲娘

你的期待儿明白

当兵就要当个好兵

做娘的脸上也光彩

我向村口的雪人挥一挥手

几句心窝子的话喊了出来

娘，你等着吧

立功的喜报会告诉你

儿不是孬种，是平原农民的好后代！

那一刻，父亲呜呜哭了

虽然已成遥远的往事
那一刻，总是忘不了
父亲在我面前，呜呜哭了
父亲的眼泪，让我铭心刻骨

记得父亲送我参军
骑车带我直奔新兵集结处
四十里的乡间路
洒满父亲的热汗珠
一声声前进的鼓点
一句句无声的嘱咐

脱下母亲为我做的衣裳
穿上没有帽徽领章的军服
我站在县城的街道上
送父亲踏上归途
平原的风托住了欲坠的夕阳
也吹开了我心灵的窗户

"爹，天就要黑了
回吧，还要走几十里路呀
放心吧，到部队我一定好好干
不给爹丢脸，行不？"
那一刻，爹呜呜哭了
还用问吗？他是抗战时期的村干部

窑洞里，来了一位乡妹子

大山深处，难得见到一个女人
这里的确是一个单调乏味的世界
国防工地上的大兵们
守候着寂寞的群山，仰望着天空的白云
或许，夜深人静的时候
他们也想送给远方的姑娘，一束飘香的红玫瑰
军营的男子汉，谁不想品尝爱情的滋味

秋收之后，军营里来了一位乡妹子
带着家乡的土特产来探亲，班长是她的未婚夫
这小子忙于施工，一个月没给乡妹写信
爹娘发了狠话，找他去，看那小兔崽子是否变了心

一大早，枝头上的小鸟叫个不停
军营窑洞前的山花开得五彩缤纷
连长下令宰一头猪，全连迎接远方来的亲人
班长第一次见到这场面，激动的热泪往下滚
指导员把被褥抱到班里，将单间窑洞让给了小乡妹
树梢上的月亮偷着笑，天上的星星闪动着喜悦的眼神
窑洞里的灯光亮了一夜，班长和乡妹聊得那么开心

太行山里的锣鼓声

迎着晨曦，又翻过一座山

披着晚霞，又爬过一道岭

山山岭岭见真情，村村寨寨迎亲人

我们是文艺宣传队，巡回演出在太行山中

每到一个村，先去看望老百姓

挑水扫院子，手脚忙不停

最爱吃的是山西老乡的刀削面，火炕为我们烤得暖烘烘

我是宣传队的小秀才，创作节目是我的本分

对口词，三句半

表演唱，锣鼓群

那些词都出于我口中

村支书向我介绍好人好事，现编现演的节目传遍全村

山中明月照着小山村，太行山里响起了锣鼓声

军爱民，民拥军，深厚纯真的鱼水情

五十年过去了，我依然听到那遥远的锣鼓声

青春，留给了太行山

深山国防土地，四面青山耸立，山谷一条清溪

早晨，太阳在山顶梳妆

夜晚，月亮在小溪洗浴

工地上的大喇叭，每天播放着豪迈的歌曲

军人，也喜欢烂漫的山花

大兵，也爱听林中的鸟啼

我们牢记军人的使命

施工备战挥汗如雨，无暇花前月下

不恋花香鸟语，把青春留给寂寞的大山

太行山是我们的好兄弟

枪

枪，是军人的命根子

即使在梦中也紧握不放

枪膛里装满了我的诗，对准敌人，扣动扳机

我的灵魂爆炸了，杀伤力无法想象

灵魂的碎片，在祖国的领空飞扬

乘着呼啸的风，亲吻祖国的海洋

祖先留下的每一寸土地，由我放哨站岗

诗化作精神原子弹，生命就是我的枪

对准来犯之敌，开枪，开枪，开枪

我为敌人选好了坟墓，那就是辽阔的太平洋

我自豪，我是共和国的军人

远离家乡，走进了军营，我成为共和国的军人

一身崭新的国防绿，像滹沱河边的绿柳，苍翠欲滴

一颗闪亮的红帽徽，像大平原刚刚升起的太阳，鲜红无比

我身上流淌的是农民的血

骨子里隐藏着农民的淳朴和土气

虽然我没有奔赴战场

战争的炮火，历练了军人的豪气

虽然我驻守闹市

军人的本色，岂能迷恋灯红酒绿

我懂得军人的使命

只要党一声令下，随时为国捐躯

我最爱听那嘹亮的军号，我最爱穿绿色的军衣

风风雨雨，洗掉了书生气

刀刀枪枪，写出了铮铮诗句

我自豪，我是共和国军人

虽然很普通，但能顶天立地

那时，我很年轻

带着诗人作家的梦，我走进了向往的军营
一身军装的绿色，映着帽徽领章的火红
那时，我很年轻
走南闯北，脚板铁硬

骑马奔驰巴里坤草原，双脚踏上天山雪峰
又踢开了昆仑山的门槛，走进了神圣的布达拉宫
当年登上北海的军舰，哪怕风高浪涌
闯过腾格里沙漠，还光顾柳州的溶洞
几乎跑遍了全国的大城市，江河湖海都留下我的身影

如今，我已是霜染双鬓
山是不能爬了，路还能走动，手中的笔，一天都没停
书写着自己奋斗的人生
心有多宽，路就走多远
我将一往前行，坚持，永远
因为我是一名共和国的老兵

怀念

怀念一身绿色的军装，红色的帽徽红领章
太行山下那沸腾的军营，燃烧着我们军人的理想

清晨那嘹亮的军号声，唤醒大山里熟睡的太阳
我们和太阳一起出发，把光和热洒满太行

轰隆隆的爆破声响彻山谷，飞溅的石头瀑布般流淌
工程兵的一双双铁臂，改变了太行山的模样

山腰里建起一座座新房，汽车运来一批批弹药箱
等待党中央一声令下，把侵犯者统统埋葬！

杏花雨[*]

——沾衣欲湿杏花雨，吹面不寒杨柳风

杏花雨，淅沥沥，淅沥沥
带着诗一样的浪漫，带着梦一样的希冀
点点滴滴，打湿我绿色的军衣
呵，杏花雨
你像洒落的珍珠，你像流泻的玉
红了江南，绿了塞北
你溶化了自己，滋润了大地，战士爱你最爱你

杏花雨，淅沥沥，淅沥沥
带着花一样的祝福，带着海一样的情谊
点点滴滴，打湿了我绿色的军衣
呵，杏花雨
你像醇香的美酒，你像甜美的蜜
乐了黄河，喜了长江
你溶化了自己，滋润了大地，战士爱你最爱你

---

[*] 此诗赞美白衣天使的奉献精神，20年前发表在《解放军报》，获全国人口文化奖，并由著名作曲家孟庆云谱曲，作为解放军总医院组歌之一。副题为宋代志南诗。

为反腐败风暴喝彩

　　闪电，劈开阴霾的天空
　　惊雷，震撼沉睡的大地
一场反腐败风暴，席卷神州
十几亿老百姓，扬眉吐气！

　　"老虎"落网，"苍蝇"哭泣
黄河翻腾起欢快的浪花，长江高奏胜利的序曲
二十一世纪的中国，阳光从来没有这样明丽！

第二章

波光云影

（山水篇）

江中行（二首）

一

云在天上飘，船在江中行，
眺望江两岸，依依杨柳青。
离别人已久，思乡情更浓；
一江东流水，悠悠玉箫声。

二

江风浩荡吹，残阳正西下；
船行千里远，人已在天涯。
不见天边月，不见老树鸦；
江边小舟横，渔夫已归家。
旅客联谊欢，四海为一家；
晚来涛声息，星夜奔三峡！

悠悠三峡情（三首）

神女峰

巫峡，梦中的巫峡，当我走近你，仿佛依然在梦境。

两岸陡壁，刀削斧劈，峭然屹立。大江，像一条金色飘带，在峡谷蜿蜒伸展。涛声，像悠扬的洞箫，把沉淀在江底的往事诉说。

客船驶到神女峰下，我感到大江的心脏在剧烈地跳动。

风儿吹过，山顶那薄纱似的白云慢慢散去，神女掀开洁白的面纱，露出美丽的笑容。她亭亭玉立于山顶，俯瞰着大江，然而却不能靠近。

巫山神女呵，人们心目中的瑶姬，每天你第一个迎来朝阳，最后一个送走晚霞，日夜守望着大江，却相伴无语。大江知道，真情大可不必用言语表达出来，他吹奏一支洞箫，把心曲献给默然不语的知音！

香水草

昭君村生长一种草，名叫香水草。多么好听的名字！

据说，那是昭君离别亲人流的眼泪生长出来的草。

我这次长江之旅，没有见到香水草，但从你那一首首芬芳的小诗里，我见到了香水草，那醉人的芳香陪伴着我，在万里长江漂流，使我感到大江两岸的空气都是香的！

五彩石

江岸一奇景，石宝寨！

孤峰兀立大江边，那峰尖上的塔楼，直插云天，楼高十二层，飞檐展翼，刺破白云。塔下是座庙，庙内有精美的壁画，古老的传说。

这石宝寨是世界八大奇异建筑之一，它坐落在孤峰拔起的山崖上，那山崖四壁如削，形若玉玺，因名玉印山。传说，它是女娲炼石补天遗留下来的一尊五彩石。

我在石宝寨特意买了几块晶莹剔透的五彩石。这些小石子，是岁月老人花费了几亿万年的功夫写成的彩色的诗，它们是宇宙的精灵，如果你喜欢，挑一颗最美的五彩石送你珍藏！

游小三峡（三首）

龙门峡

　　小三峡是长江三峡的峡中峡，而龙门峡则是小三峡的门户。当快艇在清澈见底的大宁河上箭一般飞到龙门峡，映入眼帘的是一道飞天彩虹，这便是龙门大桥了。桥连两岸青山，飞越一条碧水，向来自天南海北的游客敞开通往人间仙境的大门。呵，龙门峡，原来你是红尘与仙境的交界处，来到这里，我的心灵立刻净化了。烦恼荡然无存，回到了淳朴的大自然。大自然是慈爱的母亲，她亲切地拥抱远方归来的游子。我在母亲的怀抱里，重新体验那多年没有过的温馨。

巴雾峡

　　迎着湿润的山风，犁开粼粼碧波，快艇驶入巴雾峡。两岸山峰陡峭，云雾缭绕，在峭岩绝壁上，能看到历史久远的古栈道和具有神秘色彩的悬棺。两位来自深山的船夫热情地把我扶到船头，对我讲述三峡美丽的故事。突然，在迷雾笼罩的峡谷，从一线天射进绚丽的阳光，我的心豁然开朗。呵，巴雾峡，虽然你长年被云雾笼罩，但毕竟不能遮住阳光，人生旅途有雾也有丽日，遇雾而不迷茫，艳阳下而不陶醉，那才是聪明人！

滴翠峡

　　这里是小三峡最美的一道风景。它最迷人的是一个翠：两岸青山苍翠欲滴，河水碧波荡漾。那山，那水，那树，那云，

19

都浸润在一个翠绿的世界里。巴楚的山水是翠绿的，巴山人的生活是翠绿的，我的诗也是翠绿的。我把大宁河翠绿的浪花写成翠绿的诗行送给你，但愿你有一个翠绿的人生。

长江之夜（外一首）

夜幕沉沉风萧萧，楼船碾碎大江涛；
千里迢迢游三峡，心事抛向九重霄！
百代功名东逝水，一旦醒悟乐陶陶；
而今我来闯三峡，未到白帝诗如潮！
两岸青山入画廊，一江波涛伴夕照；
峡谷长风摇楼船，夜宿长江乐逍遥！

江城

雾锁江城看不清，何处能闻黄鹤鸣？
大江滔滔飞雪浪，千载悠悠琵琶声。
三镇灯火如繁星，东湖月下睡美人；
纵使李白今又来，难赋新诗绘奇景！

东湖风景（三首）

一

蓝天碧浪，荷花垂柳，
东湖美景令人醉，如诗如画看不够；
昆明碧波西湖水，不及东湖风景秀！

二

长天湖水碧，远处磨山绿；
湖光水色美，好大一块玉！

三

湖中荷花灿若霞，碧云绿叶密匝匝；
渔翁喜看鲤鱼跳，十里荷香传万家！

黄鹤吟（二首）

一

雾锁江城，

不见琼楼玉阁，

何处寻黄鹤？

只见高柳鸣蝉，

绿叶粉荷，

三镇灯火；

月下东湖，睡美人，

江城，千载悠悠，

怀抱玉琵琶，

弹奏一江雪浪花！

二

黄鹤楼上望楚天，一条巨龙云中翻；

八千风雷东入海，大江滔滔横眼前。

古今多少不平事，常使诗人夜难眠；

浪伴桨声荡轻舟，风助云帆过大船。

茫茫苍穹云起落，浩浩长江浪飞卷；

江水可洒英雄泪，浪花跳跃打诗笺！

三峡山水歌

锦绣客轮到宜昌，一轮红日照大江；
江边白色高楼群，对岸青山是屏障。
此处便是三峡门，远山含羞巧梳妆；
江涛声声迎远客，浪花闪闪满长江。

一声鸣笛过宜昌，三峡门开情谊长；
葛州大坝轮飞度，长江天河在云上。
站在船头观奇景，群山环抱翡翠亮；
关羽山崖旗易帜，张飞对岸擂鼓响。

可惜未进三游洞，苏轼父子有遗章；
船行前方疑无路，峰回路转水苍茫。
两岸青山耸入云，江上穿梭渡船忙。

渔夫小舟江上飘，白云深处有村庄；
崖壁观音坐莲花，灯影峡中降妖王；
伟人仰卧毛公山，三峡工程记心上；
江边有座黄陵庙，大禹治水美名扬。

西陵峡谷飞彩虹，南北天堑架桥梁；
三峡工地摆战场，千军万马锁大江；
举世伟业撼天地，要让江山变模样！

西陵峡谷好风光，两岸陡壁高万丈；
船过牛肝马肺峡，青山如黛绿水长。
三峡特购一玉笛，心曲化作长江浪；
引来白鸟江上飞，晚霞如火伴夕阳！

江边有个香溪镇，昭君塑像立山岗；
宛如一株白玉兰，伴随涛声绽芬芳。
屈原故里是归州，闻名全国脐橙乡；
船头谁吟长恨歌，江上犹闻琵琶响。

改天换地治大江，三峡百万移民忙；
屈原昭君今日在，难认秭归是故乡！

白帝城上太阳亮，绿树掩映新楼房；
两岸不见猿声啼，彩云飘飘汽笛响。

白帝城下好风光，明年就要沉入江，
假如李白能再来，诗中出现新瞿塘！

长江之旅

一

我在长江里漂泊，
迎着风雨，
踏着激浪，
走过一段——
雄浑的人生！

二

把深深的祝福，
悄悄的思念，
化作美丽的音符，
洒向满江跳跃的浪花，
寻找回来的世界！

三

三峡是一个迷人的画廊，
那美丽的风光，
让人留恋；
然而，长江里的激流险滩，
也是值得珍惜的一瞬！

泪打诗笺（四首）

一

小扇题诗墨未干，又有白梅花灿灿；
诗画虽是寄情物，难表心中意绵绵！
意绵绵，意绵绵，诗笺往来如鸿雁；
小诗首首绽花蕾，芬芳如蜜在心间。

二

晨雨如泪打湿梦，诗情澎湃如潮涌；
此时觉得诗无力，难表心中大海情！
大海情，大海情，情真情假月亮明，
只盼西山月沉海，月亮对海诉心声！

三

流火七月下江南，思绪如花舞蹁跹；
太阳有泪却无语，泪打诗笺夜难眠。
娇儿南游西子湖，爱妻避暑热河泉；
而今我又飞江城，翘望京都泪始干！

四

翼破云涛燕南飞，心恋北国杨柳翠；
恰逢一场太阳雨，滴滴都是送别泪。
此去三峡山水间，千里水路寻诗仙；
两岸猿声闻不见，江山已改旧时颜！

塞罕坝情思

一

草原的篝火之夜是美丽迷人的，乐曲声中，鞭炮齐鸣，礼花把夜空映得五彩缤纷。我们在夜幕下吃着烤全羊，喝着啤酒，观看少男少女们围着篝火尽情地跳舞。在这狂欢的草原之夜，竟没有一人知道我是个可怜的孤独者！

二

是天上的北斗七勺星飘落人间，镶嵌在这碧绿的坝上草原吗？七星湖，单凭你这美丽而富有魅力的名字就令人神往，使人陶醉！当我千里迢迢来到塞罕坝，便急不可耐地走近你。只见碧水涟涟的湖面上，一只只小船蝴蝶般飞来飞去，游客们的笑声百鸟齐鸣般使大森林深处喧闹起来。我在七星湖边拍了一个小照，这是在我开始新的人生征途的时候，留下的一个珍贵的纪念。七星湖呵，你是草原上的北斗，我走近你，不仅是来欣赏湖光水色，也是在迷惘中寻觅航标！

三

草原依然在梦中酣睡，太阳悄悄地给她披上金色的婚纱。穿过黎明的落叶松、云杉、白桦林，走近草原，一望无尽的绿毯上点缀着色彩斑斓的小花，兰的、黄的、白的、红的、紫的。我尽情地采撷草原上的野花，想带给远方，如果你不喜欢这无名的小花，请不要忘记这秋天的坝上草原和陶醉在大自然怀抱的寻觅者。

四

有人说孤独是一种美丽，那的确是浪漫的情调。你体验过孤独，遥远的孤独吗？此时的我，置身于坝上草原，只有青山绿水，蓝天白云相伴，周围越是美丽，我越是感到孤独。草原上星星点点的小花告诉我：美丽是一种孤独，但孤独也是一种美丽。

五

我来到坝上草原的界河，这里不仅是内蒙古、河北的交界处，也是滦河、辽河的发源地。我站在河边，静听泉水喷涌，心，再也不能平静。我在红山脚下的草原上采了一朵蓝色的小花，轻轻放进界河里，随那叮咚的河水流向远方的图腾，带去一个蓝色的期待，但愿心灵之间永远没有界河，留下一个永不枯竭的泉！

六

坝上草原有一种奇特的花，芳名干枝梅，花朵有白的、粉的，花色并不俏丽，但她如珊瑚一般，花茎没有一丁点儿水分，因此她永不枯萎，永不凋谢。愿我们用诗培育出一束干枝梅，好吗？

七

月亮湖，真像一弯月牙儿缀在塞罕坝森林环抱的草原上。天南地北的游客来到这里，都带着一个美丽的梦——寻觅月亮湖中的月亮。传说当夜晚月亮升起来，月亮湖也出现一个月亮，比天上的月亮还美，那荡漾的湖水，波声如泣如诉，有人恍惚中发现，嫦娥在月亮湖上吹奏玉箫。可惜，我是在白天来到月亮湖畔的，没有见到湖中月，没有听到玉箫声，但我心里永远铭记月亮湖那个美丽的传说……

走进康西草原

穿过沉沉夜幕，穿过蒙蒙雨帘，

走近八达岭，走近康西草原。

本想寻找美丽，却收获孤独，感受遥远。

悠悠思念，像一条彩虹，

一端是没有波澜的湖，一端是没有尽头的梦幻。

只顾耕耘，没想会收获什么，

正如这潇潇夜雨，下个无边，

但我相信，

雨后秋空，一定有个海蓝蓝！

走近草原，

才知道什么是辽阔，什么是深远，

牧草开始飞黄，野花不再鲜艳，

原来已经是秋天！

我在草原上，采一朵小花送给你，

送给你，一个应该收获的秋天！

恋着那片海

海边并不遥远，就在地球那边

每当思念起飞，便能亲吻白帆

拥抱那一片海，留下深深眷恋

喜欢一片蔚蓝，那是海的容颜

恰似一块翡翠，又似蓝色绸缎

心装那片海蓝，永远不再污染

喜欢浪花飞溅，拨动大海琴弦

琴声引来海鸥，海上明月高悬

心存海的声音，永不狭隘短浅

恋着那一片海，一个蓝色梦幻

海风牵我衣袖，海浪入怀相伴

我在海中畅游，揭谛直达彼岸

北方的冬天

好冷好冷的天，太阳冻成了冰块，在天空冒着寒气

湖面泛着白光，滑冰的人飞来飞去，笑声驱逐着寒意

枫林树梢上最后一片枯叶，被呼啸的狂风卷走

冻僵了的小草，伏在山坡上哭泣

黄昏乌鸦枝头闹，西山落日听乌啼

小饭馆里客已满，热腾腾的火锅冒白气

好黑好黑的夜，月亮是那么孤寂

爱的银河星光迷离，酣睡的太阳不愿升起

北方漫长的冬夜，故事是那般美丽

俏江南

青山竞秀花争艳
水中鸳鸯相依恋
华夏美景在何处
如诗似画俏江南
江南好，俏江南
新婚夫妇笑开颜
洞房共枕江上月
梦中鹭鸶鸣长天

衡水湖

衡水湖上芦花飞
托住夕阳不下坠
莲藕摇醒鱼儿梦
渔舟唱晚不忍归
翠湖玉液琥珀杯
天下美酒出衡水
月宫吴刚望人间
欲知今宵几人醉

趵突泉（外二首）

碧湖静如镜，泉声悠若琴
天天人如潮，聆听清照吟

望鹤亭

品茶望鹤亭，不见仙鹤影
趵突泉水纯，茶香满泉城

才女颂

宋代多词人，才高属清照
词惊鸥鹭飞，远观三山摇

春归

冬日盼春归，踏雪去寻梅
梅在枝头笑，春来尽芳菲
独爱雪中梅，凌寒绽花蕊
百花已凋零，梅花群芳魁
梅花俏寒冬，不因花色美
骨气凝花枝，花红叶更翠
梅花知人心，年年来报春
待到春归时，梅花落缤纷

立春

立春意味着春天开始

每个人都应该懂得春的含义

春的温暖，春的生机

春的芳香，春的美丽

走过春夏秋冬

才知最美是春季

立春先立德

德行天下，春光无限

金钱权力地位容貌

都比不上人品德行

厚德载春

德如春风吹得百花香艳

立春必立诚

诚为金石，世间瑰宝

日出东方，每日守诚

春暖花开，花亦守信

做人讲诚信

才能拥有春天

今日立春

春天开始了

立德守诚

我们一起走进春天

春来了

山上枝头的花蕾

咧嘴偷偷笑，春来了

小蜜蜂扑扇着金色的翅膀

亲吻花的唇

于是，花香在大山里弥漫

大大小小的山石

都醉在春的芳香里

河中跳跃的浪花

探头偷偷乐，春来了

花瓣飘落河面

亲吻浪花的唇

于是，满河的流水香荡漾

大大小小的鱼儿

都醉在春的芳香里

真的，春来了

宣告冬天结束

我刚刚手术出院

春天就热情地拥抱我

告诉我：你走过漫长的冬季

从此，你的生活里只有春天

赶海
——追忆和夫人及学校老师赶海

天未亮，我们出发了
个个像弄潮儿，奔向大海
海风扑面而来，好爽呵
海浪向我们亲切呼唤
大海的怀抱宽阔而温暖
我们在浅海跳跃着
湿漉漉的太阳探出头
献给我们一个甜蜜的吻

海中的鱼不时冲撞着我们的腿
我们扑打着海水，用手抓鱼
那鱼儿好贼呵，故意和我们嬉戏
费好大劲才捉到一只，该死的鱼
我们带着大大小小的鱼
向海边的餐馆奔去

自己捕捞的鱼做熟了
歺桌上呈现大海的馈赠
品尝着新鲜的海味
感觉这是世界上最美的盛宴
如果我们不走进大海
就无法品尝到大海的味道

我们赶海，海在等待

我们爱海，海也爱我们

从北京赶赴天津

不仅仅是为了拥抱大海

人人都想圆一个梦

赶海捕鱼，尝一尝大海的味道

弄潮儿

疯狂的海风，怒吼着

把云扯进海里，把浪掀到天上

只有海上的巨轮，正破浪远航

白色的海鸥，在云天哀鸣

企鹅摇晃着在海边徜徉

那捕鱼的小船，早已躲进海港

哗啦啦的涛声，在得意地歌唱

我来了，乘万里长风

纵身跳下海洋，令海浪开道，任海风助航

我是弄潮儿，能倒海翻江

汹涌的大海，从来就是怯弱者的坟墓

波峰浪谷间，是弄潮儿欢乐的天堂

胆多大，就行多远

目标只有一个，前方，前方

湖光水色（三首）

滴水湖听雨

雨，噼里啪啦下起来了

湖面，一片烟雨蒙蒙

对岸的楼阁已悄然隐去

湖上的水鸟不见踪影

只有清凉的雨滴从天而降

打湿了一颗孤独的心

窸窸簌簌的雨声

交响乐般曼妙动听

醉了湖中的鱼儿

也醉了岸边的芦丛

站在湖边的我

随雨滴而冷然俱清

雨中的滴水湖

似睡美人被唤醒

含情脉脉地望着我

望着一位浪漫的诗人

我多想给她一个拥抱

我多想给她一个狂吻

此刻，我把整个世界都遗忘了

静听滴水湖心脏的跳动

我与滴水湖雨中邂逅

思绪却如此清醒
知否，知否？美丽的滴水湖
是我梦中的恋人

长荡湖水街

长荡湖上好风光
水上仙境如画廊
荷花绽放落霞美
芦花飘飞银河长

鱼儿腾空观水花
螃蟹网上晒太阳
野鸭夜戏恋月色
水鸟晨飞逐曦光

栈桥铺开五彩路
十里水街灯火亮
水上楼舫五十家
蟹肥蚱鲜饭菜香

百里翠湖古水乡
江南明珠美名扬
长荡湖区添新景
湖上水街赛天堂

云

天空那飘动的云，像洁白的手帕，
擦拭着，镜子般的蓝天；
擦去风尘，擦去污浊，
擦出蓝天的澄碧，擦出阳光的灿烂；
蓝天像偌大的明镜，照着天下的人间，
真善美，假丑恶，

世间的一切，都在镜中显现。
我的身影，我的面容，我的灵魂，也在镜中浮现，
我承认自己并不美丽，
可是我，有一颗善良的心，永远不会改变！

我爱白云的纯净，我爱蓝天的高远，
我用真诚亲吻白云，我用炽热拥抱蓝天，
我用善良，对待生活中的每一天。

秋天，美丽的新娘

未名湖的清波，闪动着你那明亮的眸子，

香山的枫叶，编织成你那漂亮的红妆，

南飞的大雁，送走你新婚的请柬，

草尖上的露珠，散发出你一瓣心香。

你要出嫁了，带着瓜果的甜美，

你要出嫁了，带着稻谷的芳香，

还带着，平原丰收的画图，

农家女，成熟的向往。

嫁就嫁了吧，乡村简陋的小屋，

是你温馨的洞房，嫁就嫁了吧，

农村强壮的小伙，是你满意的新郎。

（写于秋分）

写给雪花的诗笺

我不愿把你捧在手心
怕我的体温将你融化
我不敢亲吻你的肌肤
怕我的痴情伤了冰心

我只想远远望着你
欣赏你玉蝶般的舞姿
我只想静静地思念你
让你在梦里成为永恒

这个世界太美太美了
蓝天白云鲜花绿草
山涧潺潺流动的花溪
还有枝头上啾啾鸣叫的小鸟

可是我只苦恋一片雪花
因为她冰清玉洁
净化着这个被污染的世界
也浸润着我孤傲的灵魂

二月

二月，大地解冻了
　小草钻出地皮
　给春天一个吻

二月，河冰融化了
　浪花飞溅跳跃
　给春天跳个舞

二月，小鸟出巢了
　扑闪着翅膀
　给春天一个拥抱

二月，桃花要开了
　粉红的脸颊
　给春天一个微笑

二月，诗心萌动了
　嫩绿的诗句
　给春天一个赞美

满足

天上的月亮离我有多远
我不知道，不知道
但我望见那一轮皎洁
心就满足了
不想九天揽月

雨后的彩虹离我有多远
我不知道，不知道
但我望见那七色绚丽
心就满足了
不想跨越彩拵

空谷幽兰离我有多远
我不知道，不知道
但我嗅到那醉人的芳香
心就满足了
不想千里采撷

海底的珊瑚离我有多远
我不知道，不知道
但我想到它的斑斓
心就满足了
不想得到海中的宝

43

早春

早春，冬雪孕育的婴儿
笑得花一样灿烂
生命的摇篮里
盛满了美丽的故事

早春，桃李争艳的季节
芬芳了这个世界
一声声燕子的呢喃
写进粉红色的日记

早春，小溪解冻抚琴
溪水飘浮着花瓣
流着春的韵味
沉默的大山听到了潺潺流水声

早春，杨花随风狂舞
天空一片迷蒙
澎湃的诗情
弥漫了整个大平原

走近黄河

迎着盛夏的雷雨
挟着六月的热风
我来了，黄河母亲
儿子又扑进你的怀中

太行山，昂起高耸的头颅
化作我手中的巨笔
黄河浪，涌起澎湃的诗情
化作纸上万丈彩虹

河南巩义，诗圣杜甫的故乡
黄河边一座古老的小城
我来此地参加笔会
吟杜甫的诗把小城唤醒

早已写好书法，杜甫的《秋兴八首》
还有，《饮中八仙歌》
这是杜诗的精品
听到了吗，一声声震天的雷霆

黄河，伟大的母亲！
你在盛唐哺育了诗圣
如今，杜甫文化
似黄河之水波飞浪涌

走近黄河，依偎在母亲身旁

我是共和国的老兵

当然，也算得上一位军旅诗人、书法家

这次笔会是一次新的出征

除夕夜

当飘香的美酒
已经醉了我的灵魂
我仍然惦记着
雪山哨卡的士兵
城市的霓虹灯闪烁
那是边防战士的眼神

祖国呀，我为你守岁
我不在遥远的边关
没错，我依偎在你怀里
依稀闻到母亲的乳香
我是共和国的军人
身上流淌着你的血液

我把自己的生命
融进你新的年轮
你的每一次呼吸
都与我心脏一起跳动
当你像红日跃出地平线
我就是守望在大地上的一粒沙尘

致生命的春天

在孩子们的世界里
春天是很不起眼的季节
因为每个孩子的身上
流淌着春天的血液
小脸上的微笑
绽开春天的花朵
孩子们和春天
本来就一个样
演奏着生命的交响
谱写着生命的华章

在老年人的世界里
春天显得无比珍贵
因为那逝去的时光
不可能再挽回
满脸皱纹如残雪一样
他们只能赞美春天的绚丽
多一次拥抱春天的奢望——
春来心不惊
岁月流水香

（写于立春）

立春了

湖面的坚冰咔嚓嚓裂开了
　阳光悄然钻进冰缝里
　　告诉湖中的鱼儿
快快乐乐地游吧，立春了

冰封的大地呼啦啦松解了
　阳光欣然亲吻着泥土
　　告诉钻出地皮的小草
高高兴兴地长吧，立春了

解冻的小溪哗啦啦流动了
　阳光潇然追逐着浪花
　　告诉溪畔衔泥的燕子
轻轻松松地呢喃吧，立春了

低垂的柳梢唰啦啦泛绿了
　阳光悠然梳理着柳丝
　　告诉树下吹柳笛的孩子
舒舒服服地玩吧，立春了

寻找冬天里的春天

这个冬天像海岸线一样漫长
在寒风雕塑的黎明和夜晚
小鸟在寂静的巢穴中
梦想着冬天里的春天

她终于从鸟巢飞出来了
飞向蓝天，飞向阳光，飞向遥远
她相信，冬天再寒冷
也会隐藏着一丝丝春的温暖

春天的温暖在哪里
在呼啸的北风里
在飘洒的雪花里
在晶莹的寒冰里

小鸟知道
只要心中有梦
她就会在冰天雪地里找到春天

无雪的冬天

入冬以来，不见雪花的影子
大平原裸露着，睁大双眼
那白雪覆盖的诗意和浪漫
或许成为整个冬天的梦幻

我从远方归来，踏上故土
走进大平原无雪的冬天
高悬的太阳像一块寒冰
故乡的怀抱没有一丝温暖

因为无雪，就没有银色的童话
因为无雪，就没有诗篇画卷
期盼的心已经崩溃
我无力将平原的眼泪擦干

再见吧我的故乡
再见吧大平原
我用苦涩的文字
记下这无雪的冬天

雪

盼雪——

岩石上绽开了白莲

梦已不再遥远

望雪——

玉龙飞舞映眼帘

看不清迷蒙的世界

听雪——

心已静到极处

陶醉无声的音乐

扫雪——

不知路在何方

白雪覆盖了原野

堆雪——

让雪人带上高飞的梦幻

与天空做最后的吻别

星空碎语

夜色深沉，笼罩了这座城市
灯火阑珊，一如纷乱的思绪
　谁能解读，这城市的心事

　仰望星空，群星微笑不语
　　是否等待，今夜的故事
　城市入梦，故事才刚刚开始

　梦回谢桥，编织美丽的诗
　　情到深处，束缚了才思
　江郎才尽，诸君莫笑我痴

观海

第一次见到海
我是那样好奇
感觉我的视野太狭隘了

眼前的大海啊，一望无际
碧蓝的海面与蓝天一色
远看海阔，近看天低
莫非是，海水涌到天上
还是白云落到了海里？

欢腾跳跃的雪浪花
使我听到了大海的呼吸
波光激滟，云飞云起
使我感受到大海的魅力

其实，一个蓝，就能彰显海的美丽
还有，一个阔，就能道出海的神奇

大海呀，我们是否有缘
不然，为何我不远万里来见你
见到了你，我心里有了一个海
才知道自己活得有意义

喜欢听

喜欢听杜鹃啼归黄莺鸣翠
一声声，融化了薄冰残雪
春天在柳梢上，露出一丝丝绿意

喜欢听小溪抚琴山泉鸣笛
一声声，划破了幽谷空寂
桃花随着流水，飘过了百里长堤

喜欢听惊涛拍岸海浪堆雪
一声声，呼唤着天空的水鸟
还有远航的白帆，来和大海相伴

喜欢听花开枝头雪落平原
一声声，谱写着无声的音乐
烂漫了我的视野，净化着这个世界

第三章

曲中折柳

（思乡篇）

月亮陪我走天涯

参军要告别家乡
我舍不得柳梢上的月亮
月亮像我慈祥的母亲
我像星儿依偎在母亲身旁
母亲那讲不完的故事
就像满天飘洒的月光
我在母亲的故事里长大了
十八岁穿上了绿军装
我怀揣家乡的明月
走在从军的路上
月亮陪我走天涯
到哪都忘不了我的故乡
我牢记军人的使命
保家卫国保家乡
天边月和故乡月
在我心里是一个月亮

远方

远方究竟是何方
那是我梦的故乡
远方离我有多远
只能用思念来丈量

那记忆中的小河
是否还是金波荡漾
小船上的渔夫
双桨摇醒熟睡的太阳

河畔那春天的田野
溢出泥土的芳香
耕牛埋头拉犁
写着丰收的诗行

盛夏的夜晚风儿微凉
母亲和孩子们躺在院子的草席上
摇着蒲扇讲故事
迷住了天上的星星和月亮

自从参军远离家乡
日夜牵挂的是我的爹娘
虽然二老驾鹤西归
我仍然眷恋着出生的地方

月下箫声（四首）

一

一弯月牙儿，挂在天幕，星河灿烂。箫声，我的箫声，像银河的星光，洒落在遥远的故乡，带去共和国军人深深的思念。

那箫声，是一杯清茶，送给鬓发如霜的母亲，让她喝一口，再喝一口，儿子时刻把母亲牵挂。

那箫声，是一杯浓酒，捧给早已驼背的父亲，喝了吧，快喝吧，儿子不知如何报答。

月夜的箫声，悠远绵长，像一条相思线，一头是我的心，一头是故乡。

二

月光下那连绵不断蝈蝈的叫声，飞进我的窗口。不知道是谁把秋天最优秀的歌手请到城市的舞台。蝈蝈呵，绿色的精灵，你不仅唱出了秋天的丰收曲、城市的咏叹调，也唱出了我童年经常唱的儿歌！

三

故乡是一幅天然淳朴的画，村边那如烟的绿柳，清水塘那粉红的荷花，还有那连绵不断的蝉鸣和一阵一阵的蛙声，伴随着我咿呀咿呀叫人听不懂的儿歌，编织着我的童年……

四

蓦地，在那片白色高楼群的上空，传来布谷鸟的叫声，我的心，又飞往故乡的大平原。想起那绿树掩映的村庄，篱笆前小狗的叫声，袅袅的炊烟，和咕噜噜咕噜噜的石碾声；想起勤劳朴实的乡亲，头上的草帽，白花花的毛巾，耕犁、锄头、镰刀，还有那桶儿筲儿叮儿当儿的响声；想起那金浪滚滚的麦田，挂满银铃的棉海，还有那郁郁苍苍的青纱帐…

我多想唱一支思乡曲，向家乡父老乡亲问一声平安。记得乡亲们告诉我：你回家看看，拖拉机、汽车越来越多了，往日的马、骡、驴、牛几乎不见了，那个逝去的年代并不遥远！

枣林三章

一

月上梢头，枣林浮动着月影，枝叶筛落一颗颗星儿。星月絮语的枣林，是恋人的港湾！

二

金黄的小枣花，散发出淡淡的清香，那是秋天递给恋人的蜜！

三

一嘟噜一串串红玛瑙似的枣儿，挂满枝头，那是秋天送给恋人甜甜的果子。

滹河吟秋

归来又见岸边柳，喜闻黄莺鸣枝头，
滹沱长桥落彩虹，滩畔蓼花香似酒。
天凉月冷正晚秋，红叶黄花伴乡愁，
落英似梦梦故园，细雨如愁愁心头。
秋阳高照古博陵，网乡业兴连五洲，
圣姑庙堂香火旺，孝感美德传千秋。
汉王公园秋雨后，湖波浩渺泛兰舟，
秋水浮空连薄云，飞雁掠过声悠悠。
孙犁塑像披夕照，犹闻荷香溢清幽，
暮霭沉沉秋月明，醉倒月下夜吟秋。

故园情

那个巴掌大的农家小院，盛满了我调皮的童年
门前那条凹凸不平的小街，是我步入人生的起点
屋顶上袅袅的炊烟，飘散着农家懒散清淡的日子
早晨鸡呀狗呀驴的叫声，惊扰了乡村孩子的囫囵觉
炕头上奶奶的那辆纺车，摇走了清朝最后一个皇帝
院子里那个大水缸，是爷爷的爷爷买来的
雪夜暖烘烘的土炕，把我儿时的梦烤熟了
我在院子里堆的雪人，溶化成了我身上的血液
火炉旁父亲讲的草船借箭，点燃了我从军的欲望
参军离开家乡时，母亲给我买了一个洗脸盆
亲人们都离开了那座旧宅，而我思乡的梦都是新的

芦花

遥望远方，衡水湖像一片镜儿海

微风柔曼，吹绿一湖涟漪

湖上芦花，雪片般飘飞

凌乱了思乡人纷乱的思绪

如烟往事，在湖中沉淀

此刻，又在风中泛滥

一如芦花，漫天飞舞的白絮

曾记得，湖中荡舟，在荷花丛中小憩

炊烟袅袅的渔村，早已烹好湖中的鲜鱼

分别多年的老同学，在渔村饭馆共饮

叙忆当年，风华正茂，胸中激荡改天换地的豪气

几十年风风雨雨，染白了鬓发，洗刷了锐气

如同被微风扬起的芦花，在天空飘来飘去

离开了芦苇，没有了根基

芦花依然恋着大地

当它们扑入大地母亲的怀抱，就化为滋生万物的春泥

乡村的石碾

咕噜噜咕噜噜的石碾声，送走乡村漫长的岁月
五谷在石碾下粉碎，芬芳了农家供奉的灶王爷

碾盘洒满黎明的朝晖，也泻下黄昏的月色
乡亲们推着石碾滚动，碾不碎艰辛的世界

母亲和我推着石碾，一步一步精疲力竭
这时总是有乡亲帮忙，不是家人胜似家人

长大了，总想回报乡亲，身在军营又如何答谢
我紧握手中的钢枪，常常想起家乡的石碾

请你替我看一眼

南飞的大雁，离我五百里
有一个古老的村庄，是生我养我的家园
请你放缓翅膀，替我看上一眼
村北的小河，是否浪花闪闪
村南的池塘，是否盛开着红莲
村子的上空，是否飘着炊烟
老爷爷的脸上，是否挂着微笑
烟袋锅子里，是否沸腾着美满
吧嗒吧嗒的嘴巴，是否吐着香甜
老奶奶的纺车，是否送进了博物馆
新安装的丝网机，是否日夜旋转
弟弟驾驶小汽车，是否走出很远
新郎和新娘，走进哪家饭店
新婚的宴席，客人是否坐满
祝福的美酒，是否又香又甜……

我家那座老宅，早已人去房闲
县城里的楼房，是否开始供暖
刚出生的小宝宝，是否等待压岁钱
南飞的大雁呵，你是否理解我的心愿
故乡人在想我，我也把故乡惦念
请你替我看一眼，故乡美好的今天

故乡

微风带着泥土的芳香
从滹沱河畔吹来
小草绿了，花儿开了
小蜜蜂扇动金色的翅膀飞来了
钻进春雨滋润的花蕾
做着一个甜美的梦
梦里，那就是我的故乡

云来了，雨来了
小燕子凌空飞舞，声声呢喃
拨动了乡村的琴弦，麦梢变黄了
清香弥漫了田野和天空
爱也在阳光下成熟
金黄的麦穗里
那就是我的故乡

枣林里，挂着一串串的红玛瑙
梨园里，升起一颗颗小太阳
田野里，谷穗孕育成珍珠
棉田里，不知是云海还是雪原？

滹沱河畔丰收的季节
秋风是香的，秋雨是甜的
秋月更加迷人
村姑的歌儿更动听了
唢呐声声
那里就是我的故乡

记忆里，乡村的冬天

龇牙咧嘴的北风
撕咬着漫长的冬夜
大雪把村庄压得胸口痛
只有井口冒着白汽

躲在屋檐下小洞里的麻雀
望着垂挂的冰柱子抖着羽毛
村里的老爷爷胡须上挂着冰碴
冻裂的手搓来搓去
女孩冻伤的小脚丫又痛又痒
蹦跶着踢公鸡羽毛扎成的小毽子
男孩子挥舞着鞭子
抽打着地上旋转的陀螺
老奶奶围着炭火
用手搓着金黄的玉米棒子
父亲在火炉底下烤的红薯熟了
馋嘴的月亮从窗外探头张望
一大早就打开了鸡窝
觅食的鸡在院子里的雪地上留下凌乱的"个"字
圈里的猪看样子是吃饱了
等待着要命的年关
母亲在油灯下飞针走线
孩子们盼着过年穿的新衣
磨坊里的小毛驴憋足了劲
给农家拉出一个香喷喷的春节

我在雪人里塞进一个炮仗
嘭的一声，炸开笑声一片

乡愁

想起了田间的野花
想起了村边的绿柳
想起小院觅食的鸡
想起门口看家的狗
母亲拉着风箱，煮熟了一大铁锅红薯粥

想起了拉车的小毛驴
想起了耕地的老黄牛
想起爷爷用过的犁杖
想起父亲扛着的锄头
月下抢收麦子，受惊的小鸟呼啦啦飞走

想起了炕头上的纺车，陪伴奶奶几十个春秋
想起了母亲的织布机，梭儿牵着日月走
磨烂多少衣裳，我这爬树的猴儿
穿破多少布鞋，我那调皮的脚趾头
奶奶陪我夜读的小油灯，是否早已熬干了油
父亲教我拨打的珠算，是否扔进了灶膛口
姐姐为我缝的荷包，是否依旧香气悠悠……

远离家乡五十年
金戈铁马伴乡愁
仰望天空云悠悠
谁知道，乡情浓似酒
一江春水，化作乡思泪
莫笑军人泪也流

我听见了，雪花轻轻地敲门

多少天白茫茫的期待
多少个湿漉漉的梦
北方，这座城市的眼睛
朦胧地眺望天空的流云

风，扑展起飞的翅膀
雪花，在云的襁褓里飘动
夜幕低垂，鸟儿归林
满城的灯火汇成了银河
所有闪动的眼
都静静地期待雪花的降临

我终于听见了，雪花轻轻地敲门
窗外，飞舞的雪花驱赶着雾霾
分明是一场纯洁与污染的战争

我们要感谢雪花
感谢上天派来的白色的精灵
因为我们还没有足够的能力
把雾霾驱逐出境

飘落的雪花亲吻着受伤的大地
给北方的城市披上洁白的斗篷
我伸展双臂拥抱雪花，多情的雪花扑入我怀中

每一片雪花就是一颗纯洁的爱心
温暖了这个沉思的寒冬

乡村雪景

下雪了，雪下得那叫大呀

遮住了天，盖住了地，整个村庄被大雪覆盖

屋檐下小洞里的麻雀憋得直喘气

屋顶盖上了白被，街道上铺满了棉絮

树枝树杈，裹银镶玉

村边的井口冒着白汽

牲口棚里的牛和驴静静地吃草

谁家的公鸡拼命地鸣啼

农家小院的雪地上留下杂乱的"个"字

小狗戏弄着觅食的鸡

扫雪的老爷爷胡须上挂着冰碴

堆雪人的孩子霜凝眉宇

母亲好不容易点燃了湿漉漉的柴火

屋顶上，炊烟袅袅升起

夜幕徐徐降落，窗户灌进刺骨的寒气

我和兄弟姐妹们围着炭火

搓搓手，跺跺脚，哈哈气

奶奶在炕头摇着纺车

母亲在油灯旁缝着棉衣

父亲趴着炕沿拨打着算珠

啪啦啦的声音，唤醒沉睡的大地

秋空海蓝蓝

雾消了，云散了，
秋空，一片海蓝蓝。

风儿，把秋的芬芳，送上蓝天，
小鸟，在天空书写，绚丽的诗篇！
仰望蓝天，我的心海，翻腾起波澜，
远方，那看不见的战云，那听不到的炮弹，
把我的心震撼！

所以，我更爱头顶这片蓝天，
爱蓝天的辽阔高远，爱蓝天的流云诗笺，
爱蓝天鸟儿的歌唱，爱蓝天的阳光灿烂！

就让我，吹响横笛，把心曲送给白云，
就让我，吟诗作赋，把爱恋洒满蓝天！

戏台上的刘巧儿

虽然，时光已逝去七十年
尘封的记忆并没有被风干
村里那个迷人的夜晚
在我心上刻下永恒的画卷

那时，我只是一个流着鼻涕的毛孩子
村里的大人们喊我调皮蛋
哪里好玩那里便有我
乡间的泥巴被我踩得稀巴烂
吃罢晚饭，母亲唤着我的乳名
"给娘搬个凳，戏台下不能缺了咱，
今儿个后晌村里演刘巧儿，娘和你一起去观看。"

乡村的月亮从来没有这么美
母亲的话儿从来没有这么甜
戏台下欢声笑语，简直闹翻了天

戏台上的刘巧儿，是从村里选出的最漂亮的演员
她不仅身材好，模样俊，唱得也棒！
难怪老百姓们都赞美她是女天仙

时隔多年，我参军来到北京
是缘分把我带进京西一家小院
当年的巧儿成了我岳母
比岳母还漂亮的姑娘成了我的另一半

说书的小梁子

秋收忙完后，村里来了个说书匠
高高的个子，满脸的慈祥
听说要开讲评书杨家将
连续演讲几十个晚上

喜讯像长了翅膀，飞遍了整个村庄
我只会偷着乐，不懂得什么是心花怒放
娘告诉我，那个说书人叫小梁子
是方圆百里有名的说书匠
还是咱村的女婿呢
最拿手的好戏是讲《杨家将》
架子鼓一敲，铜板儿一打
带点沙哑的唱声飞出腔
醉了听书的老百姓
还有天上的星儿和月亮

爹娘都喜欢听评书
我家的大院子成了说书场
别小瞧我这个毛孩子
每晚站在大门前收票站岗
村里的小伙伴们没少套近乎
不买票听书，甭想

说书人真的不容易

每天熬到大半夜，唱破了嗓

月亮挂在树梢

给院内洒下柔美的月光

说书人正演讲《杨家将》

一门忠烈，豪情万丈

震荡着我小小的心房

后来，正在读高中的我

投笔从戎，就是想成为一名杨家将

天空，湛蓝的笑容

风，吹散了雾霾
天空露出湛蓝的笑容
我的心，如此纯净
恰似琉璃般晶莹透明

是谁，走进我心的明镜
身披红云，满腹诗文
枝头日夜鸟空啼
几度将我从梦中唤醒

我的诗，显得如此苍白
写不出内心的激动
等待阳光，期盼春风
把凄冷的冰雪消融

天空，蓝蓝的天空
是上苍为我把纸铺平——
我要写出一万首诗
抒发内心澎湃的激情！

北京的冬夜

北京的冬夜灯火依然
阑珊了多少人的睡眠
梦中的雪花悄然飘落
到处是白茫茫一片
谁都期待着第一场雪
雪花何时踏进门槛

终于，白雪公主走来了
玫瑰红装映着白皙的脸
她原本就是一位诗人
诗，化作飞舞的雪片
雪花抚慰着我的心

每一片雪花都比太阳暖
雪花呵，等你等了那么久
仰望天空，望穿了双眼
伴着夜色你悄然来临
夜的北京怎能入眠？

一颗狂跳的心
把冬夜闹了个稀巴烂

蝶恋花

只要有花，蝶就会飞来
是恋花的美丽，还是花的芳香？

这只能问蝶
蝶的心事，不想张扬，一直在心底深藏

花引来蝶，浅吟低唱
甜蜜的吻，最美的时光
花丛之中，蝶无数花无数

多么自由自在的爱恋
大自然的好戏一场

儿时，我眼睛里的四季

春天是一位妩媚的少女
她喜欢带领孩子去花园
每一朵绽放的花蕾，都是春天的笑容
儿时，我爱春天的美

夏天是一位旺盛的小伙
他喜欢带领孩子去游泳
烈日下的清水塘
装满了小伙辛劳的汗水
儿时，我爱夏天的火

秋天是一位善良的产妇
她喜欢和孩子品尝瓜果
家乡的大平原瓜果飘香
馋嘴的孩子口水流光
儿时，我爱秋天的甜

冬天是一位白发老人
他喜欢在火炉旁给孩子讲故事
白雪覆盖了古老的村庄
爷爷的故事和烤红薯一样迷人
儿时，我爱冬天的香

飘带般的乡间小路

记忆中那条乡间小路，像金色的飘带
在大平原上蜿蜒伸展
一头牵着日轮，一头系着月盘
叠印着父母对孩子的牵挂
记载着我弯弯曲曲的童年

忘不了，母亲拉着我的手
红漆笸箩，盛满深深的思念
去探望久别的姥姥
小路上，母子俩步履蹒跚
驿动的心追逐着微风
巴不得一步到达终点

曾记得，弯弯的小路边
四季风景在变幻
鲜花开遍春天的田野
蝈蝈唱醉了炎热的夏天
秋天的瓜果在我竹篮里酣睡
眼前朦胧着冬天的雪片

上中学了，父亲骑车带着我
在往返的小路上辗转
汗珠打湿路边的小草
我的歌，父亲听着格外甜
车轮子碾碎前行的路障

迎来东方朝霞满天

参军的梦想终于实现
父老乡亲送我到村边
最后一次踏上乡间的小路
遥远的军营在呼唤
我觉得自己是起飞的风筝
乡间小路是牵着风筝的线

永远

故乡是我生命的摇篮

也是我灵魂停泊的港湾

半生戎马，塞北江南

漂泊的心早已淡然

人生如梦，过眼云烟

什么都可以放下

永远不离不弃的

是魂牵梦绕的乡恋

世间情为何物，我一直没有弄懂

亲情，爱情，友情

伴随我度过大半生

许多往事让我沉醉，许多往事让我感动

永远缠绵悱恻的

是铭心刻骨的乡情

离开故乡数十载

从农民的孩子，到共和国军人

环境在变，生活在变

永远不变的

是那个古老村庄的乡音

让风捎去一句悄悄话

起风了，掀起我心底的波澜
　却不能吹干深深的思念
　故乡，魂牵梦绕的地方
　太多太多的往事留在心间

参军远离故乡，我时时刻刻把她挂念
　忘不了，白发苍苍的老奶奶
　炕头上的纺车围着月亮转
　油灯下，母亲为我纳鞋底
戴顶针的手，把太阳牵出地平线
　被称为庄稼把式的老父亲
　汗珠子在田间地头摔成八瓣
小时候，姐姐为我缝的香草荷包
　逗得我小嘴笑得甜甜

炎热的夏季，我在田野里打猪草
　蝈蝈的叫声让我流连忘返
　母亲和我抬着笤儿到井边取水
　大伯小叔总是将水把笤灌满
还有那小小磨坊，滚动的石碾
伴着农家香喷喷的日子歌声不断
　那喜欢打滚的驴，哞哞叫的牛
　驮着我儿时的梦幻……

参军远离故乡，故乡一直装在我心坎
　起风了，让风捎句悄悄话
　我要回故乡看一看
　让浓浓的乡思在故乡飘散

老兵的乡愁

参军离乡几十载
金戈铁马伴乡愁

乡愁是村边那口古井
井水像母亲的乳汁一样清醇

乡愁是街边那个石碾
滚动着流金般的岁月

乡愁是门前那棵老槐树
至今犹记醉人的槐花香

乡愁是自家场地那片枣林
秋天屋顶铺满了红玛瑙

乡愁是奶奶那架纺车
线儿牵着日月走

乡愁是母亲的织布机
梭儿穿落满天的星斗

乡愁是父亲那把锄头
伴着汗水把泥土湿透

乡愁是姐姐的羽毛毽子
凌空飞舞让我看不够

乡愁是墨水瓶自制的小油灯
油烟熏得鼻孔黑黝黝

乡愁是父亲买给我的一支钢笔
井边取水不慎掉进了井口

乡愁是我那柄歪脖子镰刀
拾柴砍草伴我几度春秋

乡愁是母亲送我参军到村口
飘落的雪花把她变成了雪人

共和国老兵遥望白云悠悠
两行热泪渗透了乡愁……

蓝湾月夜

蓝湾，安平古城一个生活小区
这里是我灵魂停泊的港湾
蓝湾的夏夜那么静那么静
仿佛海洋孤岛没有人烟
蓝湾的月亮那么明那么明
仿佛是汉宫王府的一轮银盘

风儿轻轻吹轻轻吹
把小区的芳草香传送那么远
月光柔柔地柔柔地飘洒
忙碌了一天的人们已经入眠
而我望着窗外的两棵香椿树
思绪万千，泪湿双眼

那两棵香椿树是姐姐亲手栽
枝叶在晚风中摇曳呢喃
那分明是生命之树啊
凝聚着姐姐多么深厚的情感
望着窗外那两棵香椿树
我觉得天堂的姐姐又来到我面前

在这风景秀丽的蓝湾
我又见了姐姐的容颜
在这月色撩人的夜晚

我又和姐姐聊天

姐姐呀，你是水上一株青莲
在蓝湾的月夜开得那么鲜艳

归来（外二首）

春风又渡溏沱河
归来心事对谁说
白云悠悠已飘远
唯见当年故乡月

老兵

身上戎装几十载
镜中鬓发已斑白
故乡旧时柳梢月
笑问客从何处来

清明

又见河边柳青青
燕子声声赞桃红
风起惊叹杨花雪
纸钱明烛伴清明

清明谁不念亲人
天上人间路千重
阴阳相隔再难逢
万语千言托清风

飘雪的村口

那是一个飘雪的早晨
母亲送我参军到村口
雪花把母亲变成了雪人
这一幕，烙在心里数十个春秋

当早春的玉兰在军营绽放
我想起飘雪的村口
芬芳的风不时吹来
那是雪人温馨的问候

当盛夏的蒲公英飞到练兵场
我想起飘雪的村口
白色的花拂去脸上的汗滴
雪人轻轻抚摸我的头

当晚秋的野菊花开在哨卡旁
我想起飘雪的村口
钢枪的刺刀映着霞光
雪人藏进红日头

当寒冬的白梅装点国防工地
我想起飘雪的村口
抡锤打钎震得大山摇动
身上有雪人的血在奔流

雪人，我亲爱的母亲
你永远在我心上停留
我是那么喜欢飘雪的日子
雪花是军人绵绵不绝的乡愁

假如

假如有一天我离开了这个世界
请到故乡的大平原找我
倘若你感觉孤独
便有阵阵微风吹来
那是我在为你抚琴
献给你动听的音乐

假如有一天你不见我的身影
请到故乡的大平原找我
倘若你感觉寂寞
便有萋萋芳草为你摇头
那是我在向你示意
为你献上生命的绿色

假如有一天你听不到我吟诗
请到故乡的大平原找我
倘若你心存忧伤
便有簇簇花蕾悄然绽放
那是我向你微笑
送给你最真挚的安慰

初雪

多少奇思妙想

几度苦恋揣摩

终于，带着淡淡的羞涩

来到这陌生的世界

如小乔初嫁

忐忑的心

像枝头初绽的春花

盼蝶飞来

盼蜂轻吻

一片晶莹的冰心

蕴藏无尽的芳馨

倘若能给大地一丝滋润

宁愿在阳光下融化自己

知道你是初恋

知道你是初吻

知道你是初嫁

知道你是初夜欢欣

才觉得你

是那么楚楚动人

触摸你那颗初恋的心

初雪来了
静静的，怕惊扰我的梦
一袭白衣
比红妆更加美丽
或许，你知道
这个世界变得花花绿绿
你用洁白，净化我的灵魂

我不想拥抱你
让你体验滚烫的体温
我不忍亲吻你
伤害你那颗冰心
我只想用手
触摸你那颗初恋的心

这个世界，受到严重污染
有谁，像你那样纯真
你热恋大地
不求索取
宁愿融化自己
换来春天的美丽

寒流袭来，你冷吗

寒流真的来了
风呼啸着
卷着雪
撕咬着北方的城市
早晨起来
我发现，冬天疯了

最担心的
不是把太阳冻成冰块
也不是把大地冻成铁板
我怕冻伤了你的灵魂

寒流中
有一颗火热的心跳荡着
如春天盛开的红玫瑰
把美丽的花色和淡淡的芳香
送给爱花的人

立冬了，想起雪花

今日立冬
我踏进了冬天的门槛
忽然想起了雪花
久违的天使
也许，你也在静静地等候
那一个甜蜜的吻

我知道，春花早已凋谢
阳光给你换上了银装
风起的日子
你飞上天空尽情舞蹈

雪花是春花演变而成
没有往日的烂漫
却有片片晶莹
迷乱了天空，滋润了大地

我爱雪花，或许是源自
对春花深深的思念
我爱春花，抑或是
对雪花热切的期盼

春花啊春花
你是我热恋的情侣
雪花啊雪花
你是我梦中的情人

恋秋

我们在春天邂逅
初恋，你是含苞待绽的花蕾
一颗芳心
挂在河畔的枝头

夏日的阳光
烂漫了你的花瓣
夜雨吻花
花香浓似酒

欣赏过你的浪漫
感受过你的温柔
如今你不再妩媚
只是情依旧

日夜相伴的岁月
你已悄然成熟
秋天，熟透了的爱情
是我们共同的拥有

虽然，秋天是收获的季节
而我与你，都没有过多的企求
我们都恋着一颗最初的心
心上刻着芬芳的秋

秋天走进了滹沱河畔的平原
秋风秋雨，秋景秋韵，赏不够
从黎明到黄昏，布谷声声
恋秋，恋秋，恋秋……

致太阳

夕阳把我的影子拉得很长很长
其实，我像平原上蒲公英的种子那么渺小
但我不论坠落何方
都能在泥土里生根发芽
生长出故乡平原独特的风景

夕阳给我脸上涂了一层金红
其实，我是生来就普通的农民的孩子
但我的灵魂很美，真诚善良
像花一样在平原上绽放

人到古稀之年，已走近夕阳
但我的心像平原上的嫩草，名叫死不了
只要有春风吹来
就能彰显生命的倔强

轩窗月影

小窗幽静，弯月如眉
月华如练，星河灿烂

夜空深邃的爱
随着柔曼的晚风弥漫
风儿轻轻告诉我
月亮深深把你思念

月心晶莹，月影朦胧
深藏的爱不让人窥见
月亮或缺或圆
她的爱亘古不变

我抬头望月
月俯瞰人间
柔柔的月光
流泻了亿万年

今夜，月光轻抚着我的衣衫
月亮纯洁无瑕，坦荡无私
把爱分给你一点，分给我一点
她不像太阳，爱在白天
把光明洒满人间
她温柔羞涩，爱在黑夜

偷偷地把甜蜜的吻
献给这个世界

小轩窗，月影朦胧
月光是柔的
晚风是柔的
心情是柔的
爱也是柔的

望乡

十七层楼望南天
五百里云未遮眼
明朝乘风回博陵
滹沱河畔是故园

盛夏避暑在蓝湾
绿树芳草绕庭院
清晨布谷唤日出
半夜月亮趴窗前

雨夜

一夜的雨，打湿了我的梦
我想高飞，飞回五百里外的故乡
但感觉翅膀很沉重
心，像夜雨一样凄凉

故乡，有我牵挂的人
即使在梦里，也聆听
聆听那颗跳动的心脏

远离故乡，就让夜雨
代表我去探望，牵挂的人
夜雨吻花，花蕾绽放

那花瓣上的雨滴
是我的眼泪呀
那么晶莹，闪亮

雨夜，悠长的雨夜
我一直醒着
因为我思念遥远的故乡

期盼

平原上的太阳望眼欲穿
那古老的期盼
跨越数千年
每一次日出日落
都发出殷殷呼唤
呼唤美丽乡村
出现在冀中平原

滹沱河的眼泪早已流干
那古老的期盼
流淌了数千年
每一个浪飞浪卷
都发出殷殷呼唤
呼唤美丽乡村
出现在滹沱河畔

圣姑庙的钟声日夜回旋
那古老的期盼
敲响了上千年
每一声晨钟暮鼓
都是殷殷呼唤
呼唤美丽乡村
出现在农民眼前

如今县委书记亲自带队
到外地参观美丽乡村
立下一个宏愿：
建设美丽安平
让每一个乡村
成为美丽家园

七月荷

我闭上眼睛

看到映日荷花

在孙犁的笔下盛开着

烂漫了故乡的七月

那荷叶上晶莹的露珠

闪动着明亮的眼神

穿过烽火硝烟

迎来平原的曙色

荷香随风飘散

醉了漫长的岁月

虽然我没见过孙犁

却在荷花淀中触摸到他的灵魂

仰慕孙犁的人

宛若银河的星星

而我，与孙犁同乡

几十年赏荷，品味荷韵

追随着文学前辈的踪迹

我在故乡苦苦寻觅

寻觅鲜活圣洁的荷花

寻觅千古流芳的花魂

采春

采一抹柳梢的嫩绿
献给你
愿你蓬勃的青春
充满春天的气息

采一抹桃花的娇红
献给你
愿你幸福的生活
像花儿一样美丽

采一抹迎春的鹅黄
献给你
愿你金色的理想
永远忠贞不渝

采一抹梨花的雪白
献给你
愿你透明的心灵
永远洁白如玉

（此诗曾被著名电影艺术家田华朗诵）

蝉声

烈日下，人们在火焰中烧烤
每一滴汗珠都有太阳的味道
树林中，蝉声绵长而悠远
把孤独的灵魂紧紧缠绕

请不要厌烦这单调的歌唱
请不要干扰这夏蝉的鸣叫
蝉声送来的不仅是盛夏的火爆
还有，秋天丰收的喜报

知道吗，平原人春耕夏播
最期盼的是什么
唯有林中的夏蝉才懂得
一声声告诉我：知了，知了

在黎明的曙光中期待

太阳还在静静地酣睡
平原上的风
吹散了薄纱似的晨雾
东方呈现出一抹亮色

我在睡梦中醒着
一颗期待的心
带着淡淡的忧伤怦然跳动
宛如琵琶声落在湖面

终于，我听到了林间小鸟的歌
鸟啼惊梦，醉了故乡的黎明
小鸟知情，那婉转动听的鸟音
如琴如诉，亦如吟诗
声声催泪，化作滹沱河荡起的涟漪

我陶醉于清晨的鸟啼
一声声，一声声
唤起地平线上的日出
唤起平原人对新生活的向往

小鸟啊小鸟
你胜过美文美声的主播
把美轮美奂的诗

传遍故乡的大平原

平原上，花儿更美了
小草更绿了
人们期待的丰收
在姹紫嫣红中孕育

还有人们期待的爱情
一如蝶舞蜂唱中的花蕾
在鸟啼中悄然绽放
小鸟轻轻唱
花儿悄悄开
多美呀
黎明中的期待

静夜吟诗

夜阑更深风微凉
星光如银洒满床
头枕幽思难入梦
点击微信读诗章

雅室盛夏有幽凉
鸟啼蛙鸣伴花香
红衣女郎何处去
留下小诗溢芬芳

吟诗才觉夏夜长
诗意浓浓赛酒香
黎明最懂吟诗者
鸟啼唤醒红太阳

蓝湾之夏

朝闻林间布谷声
夜听池边草虫鸣
蓝湾一日荷花雨
楼前楼后绿葱葱

窗外两棵香椿树
枝枝叶叶凝亲情
椿树本是姐姐栽
每有家事问春风

夏夜，我感受到诗情的爆发

久别重逢，只是短暂相聚
来不及谈谈我们痴爱的诗
于是，匆匆分手
消失在没有月亮的夏夜
我猜你不会很快入眠
因为故乡的夏夜很迷人

猜对了，你深夜一点还在写诗
仿佛第一次敞开心扉
诗很美，就像你穿的玫瑰红的衬衫
读了你的诗，久久不能入睡
我觉得，这个不平静的夏夜
突然掀起了一场不该有的风暴

很想亲吻天边那一片云彩
又怕惊醒熟睡的太阳
这个夏夜，诗人失眠了
让静静的黎明延长
诗装在心里，无限光明
我们不需等待日出地平线

诗意中的乡恋

故乡的大平原让我心驰神往
不是因为平原姹紫嫣红，风景如画
是因为平原上的一抹新绿
凝聚成蓬勃的诗意
牵动着我如痴如醉的乡恋

故乡的衡水湖让我魂牵梦绕
不是因为湖面烟波浩渺，碧浪滚滚
是因为湖中绽放的一朵青莲
蕴藏着醇香的诗意
牵动着我朝思暮想的乡恋

故乡的汉王公园让我流连忘返
不是因为园中绿树婆娑，芳香四溢
是因为翠湖飘荡的一叶兰舟
满载着深厚的诗意
牵动着我柔情似水的乡恋

故乡的圣姑庙让我几度回首
不是因为那美丽的传说沁人心脾
是因为夜空的一弯新月
闪动着皎洁的诗意
牵动着我柔情似梦的乡恋

再见吧，故乡

平原上柔曼的风
轻抚着我的衣袖
河岸边摇曳的柳
搀扶着我的手
路旁，红霞般的榆叶梅
露出少女般羞涩的脸
田野，白雪般的梨花
辉映着游子的乡愁
滹沱河，流干了惜别的泪
我向故乡挥了挥手

再见吧，乡亲父老
再见吧，亲朋好友
过些时候我会回家看你们
我为你们留着家乡的美酒
我是一只风筝
飞得再高总被乡思的线牵着
我是一只小鸟
飞得再远也要回到爱巢停留
人越老思乡愈浓
滹沱河流不尽我的乡愁

重阳

一年一度的重阳
老年人独享的节日
秋风带走了心事
记忆变成了枯黄的叶子

黄昏里那棵老树
该是衰老的身躯
头上苍苍白发
是芦花飘落的白絮

膝下满堂儿女
岂能代替失去的伴侣
孙子孙女的笑声
比不上枕边窃窃私语

不要期待重阳
过去的已经过去
孤独也是一种美
珍惜这难得的秋意

泪别

我走了，像一缕秋风，
穿过滹沱河，越过广袤的大平原，
秋风，却没有带走沉重的眷恋；
我走了，像一片白云，
飘过圣姑庙，飞过澄碧的汉王湖，
白云，却带不走深深的爱恋。

自从那个中午，
枝头上的黄莺啼醒了翠柳，
我展开诗的翅膀，陶醉于故乡的春天。
春去秋来，花开花谢，
唯有一朵不凋零的花，
在我心里，在我梦里，
烂漫着永远！

乡恋

一夜秋雨
打湿了枕上幽梦
几声莺啼
唤醒了故乡的黎明
思念的种子
已化作秋天的落红
熟透的期待
正遨游在天空

大寒

这是一年中最冷的一天
炉中的火焰结成了寒冰
太阳从地平线上探出头
变成了玫瑰色的冰球
小鸟在自己的巢穴里
冻僵的翅膀不能起飞
湖面上滑冰的男男女女
都被寒霜打扮成了圣诞老人
梦如冰冻三尺的土地
慢慢地在阳光下融化

寒流

只要有一个人
心还是热的
这个世界
就不会变成冰块
只要想着春天
气温骤降冰封大地
心里也会有暖流

数九寒天
气温降至零下几十度
而心里春暖花开
寒流绕开我悄然离去

乡村春节小景

窗花

洁白的窗户纸

贴上了母亲剪的窗花

那是母亲的一双巧手

绘出的最美的图画

燕子呢喃

鱼戏浪花

迎春花洒下遍地金

桃花织成绚丽的霞

春光无限

凝聚窗口

春节从窗口走来

母亲望着窗户偷偷乐

春联

喜悦跃上门楣

祝福贴在门口

红红的春联

胜过醇香的美酒

醉了古老的村庄

醉了男女老幼

醉得月儿笑弯腰

醉得星星泪儿流

那一副副春联
出自父亲的手
自幼父亲教我写字
希望我成为写春联的能手

故乡

故乡安平
我喜欢倒过来读，平安
故乡平安
作为远方游子，放心

故园
生我养我的地方
亲人欢聚的地方
那是我的命门
灵魂的港湾

故土
我把生命的根基
深埋在故土
花开了
满是泥土的芬芳

故乡的月亮

中秋，我回到故乡
遥望天上的月亮
十五的月亮又圆了
洒下姣美的月光
月光温暖我全身
我紧紧贴着月亮的心脏

中秋，我回到故乡
欣赏天上的月亮
月亮像少女般美丽
一张白皙的脸庞
月亮亲吻着故乡
我看到一颗爱心在闪光

中秋，我回到故乡
追赶久别的月亮
月亮上刻着我的乳名
也寄托着我儿时的梦想
月亮对我感情依旧
我永远恋着故乡的月亮

秋思

窗外，秋风萧瑟
却吹不散弥漫在黎明的秋思
天空，秋雨靡靡
却浇不灭燃烧在心底的思绪
秋风秋雨秋思
这是真正属于我的自由空间

一缕秋思，能激荡衡水湖的碧波吗
思绪如潮，能托起滹沱河的红日吗
飞翔的翅膀，不受任何约束
心潮澎湃，冲垮了无形的堤坝
雨天的秋思，染红了每一片枫叶

秋思追随着秋风
穿越故乡的大平原
秋思缠绵着秋雨
滋润不该冷酷的心

葡萄河里的浪花

故乡有一条小河
乡亲们称它葡萄河
童年的美好时光
随着河水漂远了

离开家乡半个世纪
不尽的乡愁在小河里沉淀
故乡的小河像金色的飘带
紧紧拴着一颗思乡的心
小河的浪花日夜为我唱歌
唱来日出，又唱日落

不想让我孤独
不愿让我寂寞
一声声撕心裂肺的呼唤
叮嘱我不要再四处漂泊

我回到阔别的故乡
去见思念的小河
小河已经干涸了
再见不到浪花闪烁

其实，浪花并没有消失
而是藏在我逝去的岁月

119

只要乡愁泛起
只要回忆往昔
滹沱河的浪花
便随着记忆的风帆
在我眼前闪烁

浪花里有我的影子
我分明是一朵浪花

蓝湾听雨

静静地坐在

蓝湾国际住宅的阳台上

听雨——

雨声噼里啪啦

敲打着故乡的土地

也敲打着我尘封的记忆

戎马生涯几十载

今又回归故里

早已物是人非

何处寻觅知己

雨声如泣如诉

讲述着生死别离

昏迷三个月的姐姐

刚刚驾鹤西去

她在我窗前栽下的两棵香椿树

在雨中苍翠欲滴

微风不时吹来

香椿树在风中摇曳

摇碎了平淡的岁月

摇起我纷乱的思绪

七月的小雨呵

几多缠绵

121

几多凄迷

朦胧了如烟的往日

伤透了亲人的今昔……

思念的泪

一如七月的雨

淅淅沥沥，淅淅沥沥

海祭

七月十三日上午
我乘坐邮轮出国归航
海风嘶鸣呼啸
海浪翻腾激荡
站在邮轮上眺望东海
海天云雾苍茫

收到弟弟发来的短信
姐姐病逝了，无法抗拒的死亡
我强忍悲痛
遥望大海尽头的故乡
故乡在哪里
我真想有一双飞翔的翅膀

此刻，海面腾起一簇簇雪浪花
像一朵朵莲花在海上绽放
那么洁白，那么肃穆
仿佛给大海披上素装
大海会意，万顷雪浪
表达我心底的哀伤

我多么希望
姐姐能看到这海上奇观
一场规模宏大的海祭

123

为姐姐送去安详

我在归航的海上
姐姐却到了天上……

和天堂的母亲对话

娘，你离开人世整整四十年了
儿一直在思念着你
你在天堂还好吗
儿不知道你缺少什么呀

爹曾告诉我，你怀着我的时候
日本鬼子用刺刀对准你
村长和乡亲们好生相劝
才保住了我们母子的生命

爹又告诉我，你生我时难产
你是在炕上站着把我生出来
家乡有句民谚：坐生娘娘立生官
真让你们说中了，长大后我成了一名军官

娘，儿知道你在 1938 年加入共产党
抗战时期，你当了八年妇救会主任
你为抗日辛苦奔忙
没睡过一个囫囵觉

你和妇救会的姐妹们
夜里在墓地开会
鬼子进村，你们带领乡亲
钻进早已挖好的地道

从呱呱坠地直到参军
我一直穿你亲手做的衣裳
最喜欢你做的条绒鞋
和让全村孩子眼馋的大氅

喜欢吃你包的水饺和炖肉菜
还有炉糕、粘窝窝、烙饼
擀面条、蒸团子、贴饼子
你是天下最好的厨师

娘，儿继承了你的善良和真诚
这是你留给我最珍贵的遗产
儿的血液里流淌着
对人民群众至死不渝的爱

娘，放心吧
我们在北京生活得很好
我和你儿媳都退休了
你孙子已长大成人，担任某央企老总

清明节是我们见面对话的时日
你能看见我，我也能看见你
我祝你在天堂幸福
你要保佑我们一生平安

窗外，柳梢泛绿了

蓦然感觉到，天气变暖了
心里腾起一种孩童般的惊喜
与无雪的冬天博弈
幸亏灵魂没有被冻伤
对春天期待的一颗心
此刻，又开始复苏
我的确像长城脚下的一棵小草
它的名字叫死不了

这几天，我眼巴巴地望着天空
盼望南方的小燕子飞来
我知道，燕子的双翅
先红江南，再绿塞北
北方的春天
是小燕子从南方衔来的
故乡的亲人都明白
燕子飞来时
我这个远方的游子该回家了
身在天国的爹娘
也在等待儿子送纸钱呢

闲来在阳台上小憩
突然间发现，窗外的柳梢泛绿了
那一抹朦胧的绿色

让我心底泛起了绿色的涟漪
我仿佛看见，那纷纷飘落的清明雨
染红了桃花，又洗白了梨花
每一滴晶莹的清明雨
都是我的思乡泪

故乡月

故乡月，是奶奶手捧的瓷盘
瓷盘里盛着热气腾腾的水饺
馋得月亮流口水

故乡月，是母亲梳妆的镜子
镜中是母亲慈祥的面容
惹得月亮眨眼睛

故乡月，是姐姐喜欢的白手帕
擦去脸上的热汗珠
逗得月亮偷偷笑

故乡月，蓄满了浓浓的乡情
我望着她，她也望着我
月亮是我心里的长明灯

清明

清明的天空是湛蓝的
阳光是那么明媚
微风吹送着芳草的气息
枝头上的小鸟歌唱着春天

春天再美
没有让我陶醉
这天，我的心飞往另一个世界
与久别的亲人相会
亲人呵，我们在一起的日子
多么值得回味

农家小院，猪圈，鸡窝
土炕，水缸，铁锅
夜晚望着窗外的月亮
早晨目送飘远的炊烟
农家的日子很清淡
却有滋有味地过了一年又一年……

老爷爷，奶奶，母亲，父亲
一个个亲人离我而去
如今，我从稚嫩的童年
步入双鬓斑白的老年
时光流逝无法挽留

而亲情却永记心间

这个清明不能回故乡祭奠故人
就将怀念化作纸钱
随着明火清风飘向天堂
清明节是个窗口
亲人能看到我，我也能看到亲人

故乡的泥土

为什么那位世界级音乐家

离开家乡在小瓶里装进故乡的泥土

为什么那位著名诗人

眼睛里常含泪水

为什么共和国的老兵

心灵深处常存一缕幽思

故乡的泥土呵

你是游子不变的情愫

久居大城市

囚禁在钢筋水泥包围的世界

我深深眷恋故乡的泥土

阳春三月

泥土的芳香散入春风

醉了嫩草，醉了鲜花

还有枝头的黄莺，河边的绿柳

平原上的春天

是从泥土里钻出来的呀

而那五谷飘香的秋天

也是泥土孕育而成

乡村，世世代代的农民

在泥土里忙碌了一辈子

最后埋进泥土里……

故乡的泥土
农民生存的命根
也是农民生命的归宿

是的，我是农民的儿子
在泥土里长大的
我的躯体，我的灵魂
都沾满了故乡的泥土味儿

岁月一天天老去
当有一天我死了
我愿将自己的骨灰
撒进故乡的泥土里

让平原的春天更美丽
让平原的秋天更富饶
活着，与泥土热恋
死了，与泥土共眠

清晨

清晨
藏在灰蒙蒙的天空
残星疲倦的眼神里

清晨
藏在宁静的地平线
太阳刚露出的一抹猩红里

清晨
藏在嫩绿的草尖上
静静微笑的露珠里

清晨
藏在林中树杈上的鸟笼
画眉那清脆的叫声里

清晨
藏在枕着月亮入眠
泪花打梦醒来的一瞬间里

田野哲思

田野

这平坦肥沃的土地
是祖先留下的一张名片
那四季变化的风景
是祖先绘制的图案
好一个巨大的粮仓
是祖先凝聚的心愿
农民把名片捧在手心
五谷的芳香在平原上弥漫

小草

小草钻出地皮
看到蓝天的高远
春风拉着她的小手
阳光吻着她的笑脸
她的生命绽放出绿色
草尖撑起整个春天
暴风雨袭来了
她的歌唱得更甜更甜

麦子

从嫩绿到金黄
梦，已经成熟

于是，布谷鸟飞来了
从黎明到黄昏，尽情歌唱
饱满的麦粒，装满了
平原农民的期盼

打麦场上
笑声托起火辣辣的太阳
月下那高高的麦垛上
小伙子大姑娘
仰望鹊桥上的织女和牛郎

谷穗

沉甸甸的谷穗
低着头
轻盈的谷妞
头朝天
低头的未必下贱
昂头的未必有尊严
老来常低头走路
只怕双脚被磕绊
于是我想起了谷穗
或许是成熟的表现
记忆中也曾昂头挺胸
那是我逝去的少年

第四章

明月琴心

（情感篇）

海月恋

大海遥望着月亮
越过岁月沧桑
把古老的梦幻
化作万顷海浪
月亮呵月亮
你听见了吗
大海日夜在歌唱

月亮窥视着大海
穿过夜色茫茫
把思恋的月华
洒在苍茫的大海上
大海呵大海
你看见了吗
月亮那秀丽的脸庞

海知明月心
爱恋那姣美的月光
月知大海情
爱恋那澎湃的海浪
海浪呵海浪
月光呵月光
把彼此的思恋
洒满天空
融进海洋

追寻，那远方的白鸟

一

晓风吹过，天空蓝得透明，夜飞的白鸟，在天空留下一条美丽的弧线。我的心插翅远飞，一直沿着那条弧线，追到遥远。白鸟啊，不管能不能见到你，你已在我心里留下了一个像绿色珊瑚般美丽的梦，那小小的珊瑚岛，早已为你筑起了爱巢，等待你飞来……

二

又是落日黄昏，悄声问：你在哪里？是远飞仙阁瑶池，还是近落芳草地？我心中的白鸟，白日相见难，等待黄昏，落日熔金，苍山合璧，翘首望你飞来，哪怕瞬间离去！

三

风雨来了，白鸟，你又要起飞，请不要忘记带上荷叶做成的雨衣！

四

失眠的滋味真不好受，一夜辗转反侧，心，野鹿一样在草原上狂奔，追寻那远飞的白鸟。白鸟呵，你把我的心带走了，只留下一个空壳儿。

五

我用诗吻玫瑰的花蕊，因为那是我心中的花王！

我以心抚摸白鸟的羽毛，因为那是我寻觅的知音！

六

天空，水洗过一样澄碧，没有云，也没有风。金线似的阳光，给楼群镀上一层亮色。白鸟，你在哪里，为什么听不到你的歌声？你是否醉倒在妈妈的爱巢里，做着一个甜美的梦。

我等待你从梦中醒来，飞到我身边，衔来一束诗的橄榄枝……

七

风雨摇撼着白色高楼群，也摇撼着我的心，夜飞的白鸟，无情的夜雨是否打湿了你洁白的羽翼？我多想给你送去一个小花伞，让你在风雨中安全地归巢。

藏

爱——

藏在春风里，让它悄悄吹开你的心房；

爱——

藏在花蕊里，让它悄悄给你送去芬芳；

爱——

藏在月光里，让它悄悄伴你进入梦乡；

爱——

藏在诗句里，让它悄悄给你送去最美的赞赏！

流泪的太阳

一

孤独的太阳在梦里流泪，泪花打梦，醒来，发现今夜没月亮，只有朦胧夜色罩小窗。太阳更加孤独，泪飞如雨，其实，太阳的眼泪是不让任何人看到的。

二

人们只能看到太阳的微笑，却看不到太阳流泪，那是在夜里，地球的那边，太阳思念月亮的时候，寂寞的夜更加美丽了。

三

问天上明月，何时何人建造了一个广寒宫呢？那里多么需要温暖的阳光！而如火的太阳和似冰的月亮，一个在地球这边，一个在地球那边，难呀难，难得相见，悠悠思念，留给了白天和夜晚！

四

只有月亮知道，太阳雨，那是太阳失眠时流的泪！

灵山诗羽

在云雾笼罩的灵山，我拣到一片洁白的羽毛，
写上几首小诗，寄给飞往远方的白鸟……

——题记

泪云

那是好大一片白鸟呵，呼啦啦飞来，在天空呼唤着永远看不见的影子，给苍茫的群山留下一片片带泪的羽毛。我捡起一片翎羽，惊异地发现，上面分明写着孟氏姜女的名字！

云雾中的灵山，看得出那是掩面哭泣的孟姜女的倩影。白纱素练般的薄云飘过来，为灵山擦着一串串珍珠般的泪滴。

传说灵山是孟姜女的相思泪积成的疙瘩山。那山上的云，应该是疙瘩山腾起的泪云吧。我站在灵山顶，望云起云飞，飘动的白云在我身边缠绵缭绕，若即若离，似乎在轻轻絮语。

灵山的泪云告诉我：世间的爱情有甜美的微笑，也浸润着痛苦的眼泪。没有眼泪的爱情是没有味道的！

采一片白云送给你，但愿能擦去你心上的泪花。

云路

灵山的索道，那是在天空铺成的一条惊险而又雄浑的路，它凌空飞架，跨越山谷，像彩虹在云中延伸。

我们乘缆车在索道上滑行，鸟儿一样飞上云端。俯视群山，郁郁苍苍，好一片绿色的海！

白云温柔地吻着我，也吻着你，我们身在险处不知险，如入仙境般惬意，两颗跳荡的心在云中碰撞，爱的火花在云雾中

142

飞溅，芳馨弥漫了整个云天。

我们就那样无拘无束地交谈着，把恋情洒满云路，让所有追随我们闯云路的人，在天空寻觅他们羡慕的背影！

绿云

群山如黛，苍山如海。

灵山被绿云覆盖着，那莽莽苍苍的森林，是一个绿色的神奇世界！

当我在索道上眺望那绿色的云，仿佛在读一首气势磅礴的朦胧诗，诗中跳荡着翠绿的诗韵，把我的心情和向往都染成了绿色。那绿色的云，可是人们憧憬的伊甸园！在那寂静而又神秘的地方，或许隐藏着许多美丽的故事。而绿云之上，则是白茫茫的云海，我们恰恰是在白云和绿云中间，悬浮的心，似乎在期待什么。

我在缆车上瞥了你一眼，你羞涩地一笑，一片红云，飞进我心灵的天空！

画一个太阳给你

蓝天当纸，
海水为墨，
画一个太阳给你，
太阳的背后，
隐藏着一个小月亮！

日月对话

太阳化作一朵红玫瑰，
献给月亮，坦诚地说：
"我爱你，正大光明地爱！"

月亮化作一把玉琴，
奏给太阳深情的歌，歌曰：
"我爱你，夜里偷偷地爱！"

送给你

摘一颗星儿，送给你，
那不是宝石，是一颗金子般闪亮的心！
采一片云霞，送给你，
那不是绸缎，是一片火热的激情！
捧一朵浪花，送给你，
那不是海水，是一个蓝色的梦！

我和你

也许，
你至今不认识你自己，
那么，
就让我告诉你：
你的名字，
是一个小小秘密。

也许，
我至今不认识我自己，
那么，
就让我请教你，
我的名字，
是否叫寻觅？

也许，
多年以后，
你打开尘封的日记，
发现许多心灵的碎片，
可能比玫瑰花，
还要美丽！

小扇题诗

晓风梳柳，等待远方燕归来；

夜雨吻花，暗香何须让人知。

泪花打梦，人生难得一知己；

鹊声惊眠，疑是嫦娥在吟诗。

浪花写的望月诗

海说：月儿，爱你也许是一个美丽的过错，但我宁肯犯一次天大的错也终生不悔，因为你太美了。

月说：大海，你怎么爱我呢？我在天上，你在地上，彼此相距遥远。

海说：我用心爱你。当月儿高挂，不能走近你，我用浪花写一千首一万首望月诗，望你也是幸福。当月儿西沉入海的时候，我用海底最美的珍珠做成项链送给你，表达埋藏在心底的全部情谊。

月亮笑了，像湖面上的一朵白莲。

夏夜

炎热的夏季

人们几乎在蒸笼里

度着灼人的时光

好不容易送走白天的流火

期盼着夜晚

那温馨的小风蹒跚走来

徜徉在绿荫覆盖的小路上

无意与晚风絮语

读着星空感到那么迷人

星光朦胧

编织着扑朔迷离的故事

给心头平添几分浪漫

浩浩银河

每颗星都那么耀眼

不知哪颗星与我有缘

她来了

带着羞涩的微笑

晚风吹拂着她那洁白的衣衫

我们在小路上漫步

把人生的花絮

写进淡淡的月色

心灵的碎片

一

如果生活是一首歌，不是为了自我陶醉，就请你拉动手风琴演奏，让更多的人欣赏！

如果理想是飞翔的彩翼，不是为了装饰自己，就请你展翅高飞，飞向浩瀚与遥远！

如果现实是一杯美酒，不是为了陈放欣赏，就请你举杯痛饮，品尝醇香与甜美！

二

遥望中天明月，不想去追求娇美，只求心如明月一样圣洁；用心血浇灌出花卉，不想去争芳斗艳，只求给人们留下一瓣心香！

三

当生命的杜鹃花盛开的时候，百灵鸟从远方飞来，歌唱山岗的美丽；当岁月的桃花水流过的时候，小蜜蜂展翅飞来，酿造生活的甜蜜；那么，就请你释放出青春最大的能量，迎接人生最灿烂的时光！

四

既然我们有缘相识，那么，就让我们结伴同行，越过高山大海，穿过历史烟云，不论过程多么曲折，不管道路多么遥远，相信一定能到达向往的彼岸，用一把金钥匙，开启爱的圣殿！

五

期待着有一天我们在月下谈诗，让诗情自由奔放，那一首一首小诗，像天上闪烁的星儿，融入迷人的月色。

六

清晨，当小鸟的叫声吻开你的梦，我便给你送去诗的玫瑰，但愿给你的生活带去一抹芬馨。

七

山泉喷涌了一夜，全是我心中的眼泪！

八

人世间最美丽的是善良，最纯朴的是天真，最珍贵的是心灵的共鸣和水晶般的友情。

九

期待总是一种美好的憧憬，与现实之间隔着一座难以逾越的高山。既然我们有着共同的期待，用诗搭起一座彩桥，建起一座金字塔，那就让我们从现在开始一步一步地攀登，越过高山，迎接喷薄而出的朝阳！

十

早晨，上班的路上，匆忙的脚步声像急促而又密匝的雨点儿。人群中，或许是你听到我和同事们交谈，扭过头来动人的一笑，那微笑像悄然绽开的玫瑰，给周围的世界增添了不少美

丽。我觉得，生命也似乎被真诚的阳光辐射，即刻变得亮丽而富有活力。

原来，微笑是阳光，也是蜜！

十一

愿我的一首首小诗，化作一只只彩蝶，飞到你身边，伴随着你，唱着歌，跳着舞，使你一颗孤独的心再也不会寂寞！

十二

心，停泊在爱的港湾。远方一只小船儿飘过来，渔火闪闪，船头那如泣如诉的琵琶声，使我心潮不能平静；此刻，生命化成了一片芦苇，芦笛吹奏出一个绿色的等待。

十三

雷声雨声风声，声声入耳；

乡情友情爱情，情注笔端。

十四

花说：那缕缕清香，是我心灵的恋歌；

蝶说：我用心吻花蕊，留下一个彩色的梦。

十五

谁也不愿放弃对美的追求，得到，是一种幸福，但那幸福是短暂的，需要倍加珍惜；得不到，也是一种幸福，那幸福是长久的，与天地共存。心中存有美的人，才活得有滋有味。

十六

爱是不必商量的，任何人没有任何理由拒绝爱，正如不能拒绝阳光一样。对于爱，只能采取不同的态度和方式罢了。

十七

你喜欢高山飞瀑、大海涌潮吗？那是多么雄浑壮美。你喜欢春雨绵绵，小溪潺潺吗？那也别有风趣。在诗里，在梦里，那都是美丽的风景！

十八

看到你，是一种美，在眼里；看不到你，也是一种美，在心里！

十九

雨，是天空送给大地的吻；
花，是大地回报天空的礼物！

二十

诗，是阳光下绽开的花朵，只有蜜蜂才能读懂它，之后酿造成蜜；我不想成为雄鹰在蓝天翱翔，而是想成为一只小蜜蜂，在花丛中采集花蕊，酿造出甜美的蜜！

二十一

鲜花盛开的时候，万花丛中，蜂飞蝶舞，究竟那一只蜜蜂落在哪一朵花蕊上，都是天意！

二十二

爱心，是美丽的太阳；

微笑，是灿烂的阳光！

二十三

眼睛是心灵的窗口，从你的眼神里，我窥见淡淡的羞涩；

微笑是心灵开放的花蕊，从你的微笑中，我窥见淡淡的忧伤！

你从我身上看到了什么呢？

二十四

雨后夜空那圆圆的月亮，在白云中时隐时现，恰似少女羞涩的脸蛋儿，溢出一种朦胧的美。望着天上的月亮，我想起了月亮般的你……

二十五

你喜欢心静如水吗？我的诗，就像小石子掷入你澄澈的心湖里。于是，平静的湖水荡起微微的波澜，而我，陶醉在那阳光下粼粼闪动的波光里。

二十六

在坦诚与善良的目光里，有一个真实的我；在嫉妒与虚伪的目光里，有一个扭曲的我，我既不渺小，也不伟大；也许，有些人并不了解我，但天地知道我，人民知道我，父老乡亲知道我，亲朋好友知道我，我就是我！

二十七

不论是在豪华大厦，还是在陋室草屋，每个人夜里都拥有一个床位的空间，有的人睡不着，有的人睡得很香，有的人在噩梦中挣扎，有的人在甜梦中微笑，说白了，每个人有每个人的活法，这便是多样化的人生！

二十八

爱到深处，如井一样，心底才能喷出泉水来！

二十九

古人云：春兰秋菊各有时，同留秀色在人间，各种各样的鲜花把这个世界装点得分外美丽。然而，自然界的花再美，也有凋零之时，只有心中的花芳香四溢，永开不败，给人一个美好的人生。

三十

窗外，蝉声惊搅了黎明的寂静，而思念，一如蝉鸣，声悠悠，情悠悠！

三十一

人生正如岁月的桃花溪，那里流淌着不知归宿的泉水，不必问它流向何方。那叮咚叮咚的桃花溪水告诉我：热爱流动的如琴如歌的生活吧，一个新的结束就是一个新的开始！

三十二

朝霞美丽,她属于清晨,而不属于黄昏;月亮美丽,她属于天空,而不属于大地。其实,美,不一定拥有,能够欣赏到美,也是一种美。

三十三

露珠对花朵说:我能看到你的倩影,因为我是你心灵的眼睛;

花朵对露珠说:我能感受到你心脏的跳动,因为我是你身上的彩衣。

三十四

从你的诗里,我能感受到新月的柔光,飞鸟的歌唱,鲜活地透出泰戈尔诗的韵味。瞧,泰戈尔向我走来了,他悄悄告诉我:那位美丽的姑娘,是我用诗培育出来的小公主!

三十五

又是日暮黄昏,炊烟升起,我等待你走来,走进我的寂寞里,让两颗心融进玫瑰似的夕阳里,伴随着贝多芬《致爱丽丝》的优美旋律,向落霞告别,于是,一个宁静而又温馨的夜开始了。

三十六

朝霞伴着太阳,留下短暂的美;星星伴着月亮,留下永恒的和谐。我愿化作一颗小星,永远陪伴着月亮,那闪烁的星光,是把握不住的诗韵!

三十七

漫漫长夜孕育了一个灿烂的黎明，露珠在草尖上微笑，花朵带露绽放，小鸟欢乐地唱歌，我在黎明时分写的小诗，但愿有露珠的晶莹，花朵的芬芳，小鸟的歌唱，融进黎明的一切美丽。

三十八

云帆高挂，海天苍茫，不知何处是港湾？渔火，忽亮忽灭的渔火，在心头闪闪烁烁，似乎很近，又似乎很远，捉摸不定的，或许是一个美丽的梦幻，却使人心驰神往！

三十九

长江的夜很不平静，风摇楼船，雨落大江，我的心一如这喧腾的大江，澎湃激荡，万千思绪浪花般迭起，我真想把长江变成一支玉箫，吹奏出埋藏在心底的歌，云悠悠，水悠悠，箫声悠悠。但愿这箫声传到遥远的故园，那里有我最熟悉的知音……

四十

歌乐山的渣滓洞、白公馆，参观者络绎不绝，脚步声远了又近，近了又远，人们没有忘记恐怖的过去。那沉重的脚镣手铐告诉今天的青年人，江山确实来之不易！山中那一尊尊烈士的雕像，静静地望着山外的世界，是思考着过去，还是展望着未来……

浪花，在珊瑚上刻下的字迹

一

那次与你相聚，一双双眼睛窥视着我们，我们不得不保持距离。人们都说距离会产生美，其实，谁都喜欢美而不喜欢距离。你心里明白，我多想把你搂得紧紧的，让两颗心发生一次碰撞，哪怕是把地球震个粉碎！

二

相逢的喜悦，离别的痛苦，都融进岁月的桃花溪，结识不久，又说失去，那就写进粉红的日记里，每一首诗，未必都是鲜花，字里行间，浸泡着泪滴，结局如何，不必在意，只要记住，我们曾经相聚……

三

每天都期待着西山日落，用晚霞的手帕擦去孤独的眼泪，在玫瑰色的黄昏与你相见，仿佛又经历一次初恋，心，沉入爱的潮汐。直挂云帆，在诗的海洋漂泊，疲惫的心，有时在绿色的珊瑚上栖息，却发现，那珊瑚上有浪花刻下的字迹，全是浪漫的日记！

微风，拂过花的季节（散文诗七首）

一

十八岁那年，柳叶飘到眼前，青翠依然。送一句海誓山盟在耳边，让你五内俱伤，而你自己却在阳光里漠然，仿佛世间了无一事，洗尽百媚千红，一点心事无痕。

二

如微风拂过花的季节，有一种语言不肯说出，有一种风景藏在梦深处，有一首歌欲唱还休，有一首诗总在心底沉浮，依依不舍的是少女款款的情愫。

三

月亮不肯出来，只有满天的星星，思舞绪飞，就像我身边有一堆像星星的朋友，却没有像月亮的你。如果你是命中那个含泪的射手，我愿意做你那只不再躲闪的白鸟，折断我背后的双翅！

四

你说你爱我，在我们年轻的时候，隔着万水千山，这是对我最隆重的赞美。如果我们的距离比万水千山更远，你依然说我爱你，我愿在轮回中固守一句承诺，在每个有你的时空，倾尽我毕生的美丽来等待与你相遇的刹那，哪怕这只是等待。

五

在你的双眸中，我的心，这只野鸟，找到了飞翔的天空，为了你，我愿意改写我的生命！

六

我想看到你从拐角走来，如同王子走出宫殿。我想看到你的眼睛，用我全部的大胆心思，却瞥见你衣衫飘然而去，冷漠傲气！我不畏寂静的夜有多清冷。

七

窗外什么花香充满了整个夜晚？一弯新月，挂在枝丫间，果子，闪光的果子，不仅仅诱惑了伊甸园的夏娃，也困扰了广寒宫的嫦娥，那是失眠人的太阳！

天空，孤独得很透明

一

那天，你说要走，我轻声地祝你一路顺风，于是你的身影是帆，我的眼睛是海……如果，你真的是那终究会回来的小船，我会在这里，做这岸边不变的芦苇。

二

坐在月牙儿上，等待我们星球相遇的时刻，只是因为你说你终究会回来，守望归期的眼睛是不变的时差，我已为你精心打造了戒指，一如当初亚当送给夏娃的那一枚。

三

我愿，远远地爱慕你，只要你一生如花绚丽，我便永远拥有幸福的时光。也许我们会把感情的雨丝种植在各自的日记里，我们便坐在岁月的背后，品味着，一颗颗令人流泪的青橄榄，在那一场恍恍的梦后。

四

今夜，那弯月牙儿斜挂在天的一角。这一季，我轻轻捧出这芬芳最浓的思念，如果你不喜欢我的诗，请不要把这个春天也忘记。

五

其实，在她面前，我从未奢望可以得到什么，包括这一刻。

当我以渺小的石粒自拟，却发现在她的心目中是一颗更为卑微的尘沙时，我所仅有的是怎样一种无地自容呵！可我仍然企盼望，在我最美的时候有一个和你相遇的片段，当你再次望向这里，一只极乐鸟已拍翼而过……

六

爱是理解，爱是帮助；

爱是阳光，爱是甘露；

爱是给了，爱是奉献。

我平淡地生活着，在悠闲与快乐中，

感悟着生命的安详与富有……

七

感情的点缀，真的很难被人接受，不做感情的主角，真不如重归生活的静谧。往事怎堪回首，当烟云化作丝雨，感情结就已渗透，当浪漫的一切被风吹走的时候，一句"忘了，算了"，也许是最坚强的回答。被爱是一种幸福，爱人是一种负担，当幸福和负担画起等号的时候，一切疑问就全部消失。

八

不是每一个世界，都是一片美丽的花园。从自身走出来，会使生命花季一般灿烂。枯萎的爱情前面，你是一个美丽的错，因为在占卜情感的香炉前，已留下你含泪的虔诚……

九

昨日的失落，今日的风尘，谁也不能说感情的遗憾。如果注定不会拥有，又何必暗自神伤。如果注定是一只孤雁，又何必等待那一句美丽的誓言。我怀念那段日子，我欣然看见站在窗外的那个我，天空没有星星，但我却看见一双明亮的眼睛！

十

给我一道刻着你名字的彩虹好吗？你的关爱我无法埋藏在心底，我将在彩虹的另一端抛向你，请你在雨后的某一天，把我拉回你身边。

十一

也许，你在殷殷地期待，又一次偶然的邂逅，朦胧的情愫，寄予那片灿烂，夏日情怀挡不住淡淡的哀愁……

天空孤独得很透明！

栖息在绿色的珊瑚上（散文诗七首）

一

无情的风，吹着浪漫的小哨，将温柔的云掳去；多情的浪，唱着古老的情歌，把失踪的云寻觅。

风萧萧，水凄凄，在天涯海角，浪与云相聚；情切切，意绵绵，浪给云披上金色的婚纱，云为浪洒下晶莹的泪滴。

远方传来圣洁的歌：谁说誓言会老？

二

我想用蓝天一样博大的胸怀来关爱你，用大地一般的无私默默地为你打造爱的城堡，却又怕这渺小的港湾不是你栖息的天堂，或许你真的不知道，我一颗爱你的心渺小得比天还大！

三

你是白鸟，我是青鱼，是你不经意的失魂流离，也是我生命中唯一一次驻足观望。

我是那样的聪明，对你懂得多了，却不知该怎么快乐了。

你勇敢，我宿命，你是天空自由翱翔的鱼，我已是水中没有体温的白鸟。我心中的天空被海水洗得很蓝，那你心中的海是什么颜色呢？

你倦意地栖息在天地间绿色的珊瑚上，洋溢着太阳的光华，月亮的忧郁，于是，我悄悄寄给你海的深邃。

世间最遥远的距离不是天各一方，也不是生与死，而是我就站在你面前你却不知道我爱你。

望着你，想着你，我柔肠寸断。

望着你，咫尺之隔，却是天涯！

四

思念是一种美丽的孤独，也只有在思念的时候，孤独才显得特别美丽。往事尘封得越久，蓦然回首早已是一泊清澈的佳酿，被轻轻拍碎了封泥，深深一凝眸，把如烟往事用心轻谈……

五

送你一束玫瑰花，

以纯净的血液，

注入玫瑰的温柔与惆怅；

我无法启齿的希望，

在你低头时呈上，

那是我芬芳最浓的思念

六

我喜欢岁月漂流过的痕迹，喜欢那首没有唱出的歌。

岁月的溪边，拾起多少闪亮的音符？

因为想一个人而寂寞，因为等一个人而执着。原来有一种美丽叫沧桑，有一种心情叫漂泊，一切最初和最后的过渡！

七

漂泊的人生好比水中的萍草一样，一浪拍来，也许会使我们相识，而一浪过去，我们又会匆匆告别。有时甚至仓促得来不及告别，潮起潮落，不知我们何时还能相见。

　　有时候，我们会为多年以前的一件事固守着生命中最深的等待。那朴素的留言，那沉默不语和看似平静的注视，就那么深那么深地印在了我永远的记忆。

　　人，会为了自己的青春选择而后悔吗？悔与不悔，原不是一句话就可以说得清的！

红月亮

抹去黄昏的橘红，拉开夜的帷帐；
等待幽兰的天海，升起一枚红月亮。
红月亮呵红月亮，
月光里，孕育了多少爱情故事，
而你却在孤独寂寞中，
度过漫长的时光……

夜风轻拂，拨动六弦琴，
为红月亮唱一支歌，
再不要把心事埋藏！

也许，银河的星群，
眼睛早已疲惫，
可是，有一双望穿秋水的眸子，
永远是那么明亮！

也许，岁月会老，地久天长，
红月亮呵红月亮，
你永远挂在心海上。

望着你，玫瑰红的果子，
还是穿红裙的女郎，
多次走进我的梦乡，
一次次张望，一次次彷徨，
却不能走近你的身旁；

165

把一首首思念的诗，
化作群星，
永远陪伴着你，
度过寂寞的时光。

窗前望月

夜色很浓很浓，窗外一片迷蒙！
我倚窗瞭望夜空，再想见到月亮的芳容
月亮藏起来了，留下满天的繁星
星儿眨着晶莹的眼睛，笑看痴心的老顽童
你心中只有月亮，容不下一颗星星
天上月亮再姣美，也需要璀璨的星群

月亮不再遥远的天边，藏在我小小的心灵
我看不到迷人的月色，却听到她心脏的跳动
跳出的是纯美的音乐，也是沁人肺腑的诗情
我揣着月亮睡眠，月光洒满我的梦
我的梦展开翅膀，飞向浩渺的苍穹
月亮那甜甜的吻，让我几次在梦中笑醒

等候

傻傻的你，悄悄地走了

没有带走这座城市的任何东西

灰暗的雾霾下，残留着一个孤独的等候

等候海天那一只白鸟，衔来海中升起的红日

把这座城市的上空，照个海蓝碧透

等候山谷那盛开的百合，芳香随着微风飘来

弥漫着整个城市，飘进我的窗口

等候翠湖那荡漾的碧波，托着一叶小舟驶来

装满绿色的诗，全是真诚的问候

等候冬去春来，在家乡的湖畔凉亭赏月

我献你一首歌，你敬我一杯酒

轻轻拨动城市的琴弦

也许，这个黎明，被凌乱的思绪笼罩

轩窗外的灯火，闪烁着我的眼睛

我想，你的梦早已被失眠的小鸟，那啼血的叫声唤醒

我的心事，却深藏在这座城市的黎明

来也匆匆，去也匆匆，我们竟没有机会见面

你没带上任何的祝福，就要踏上归程

让我轻轻拨动城市的琴弦，奏一支晨曲为你送行

但愿你能带走，这座城市的梦

献给天下的恋人

拥抱尘封的思念，模糊了他的双眼

她终于走来了，脸上写满春天

他上前紧紧拥抱，原来是一个梦幻

泪水汇成了海，托起那远航的船

红叶题诗

风起了，在秋冬交接的季节

西山的枫叶已经红透

点燃了漫山遍野的火焰，也点燃了我心底的思念

圣姑庙旁，汉王湖畔

难忘那次初见，几世的缘分，圆了诗人的梦幻

诗化作飘飞的落叶，在天地间日夜旋转

牵着激情燃烧的太阳，托起含情脉脉的月盘

今日，采一片枫叶

题一首新诗，表千声祝愿，让风带到遥远

不知能否，激起心底的波澜

请听，雪花的诉说

雪花微笑着说，我那么热恋大地
因为大地的怀抱，温馨，舒适，安逸
我悄悄地来，不露一点声音，怕惊醒大地的梦
他实在太累了，孕育着变幻的四季
我的礼物只有一个吻，哪怕是融化了自己
雪花哭着说，太阳最让我恐惧
因为太阳的脾气火暴
把我悄悄带走，不留一点痕迹，也不顾大地伤心
真是无情无义，我的泪，化作漫天花雨

秋天的礼物

采一片红枫，送给你
枫叶上刻着，初识的赠言
采一朵金菊，送给你
花蕊里藏着，真诚的情感
采一片晨曦，送给你
曙光中寄托，美好的祝愿
采一缕月光，送给你
月光泻下，朦胧的期盼

窗棂上的星星

眺望遥远的银河，巡视迷乱的星空，你在哪里
梦中，频频出现的那颗星
宝石般璀璨，珍珠般晶莹
像明亮的眸子，看穿了我的梦

或许，熟透了的相思，缩短了距离
银河里那颗星，坠落到我的窗棂
望着她深情的眼神，我听到她心脏的跳动
每一次心跳，都是一首诗，陶醉了这迷蒙的夜空

我真想，抚摸那颗星，擦去她思念的泪痕
我真想，为她唱首歌，安慰她孤独的心灵
可是，我懂得恪守底线，抑制感情的冲动
只能站在窗前，让星儿晶莹我的眼睛

星儿知我心，我知星儿情
心与心之间是诗的彩虹
知音何必长相守，万里迢迢心相通
每一次心跳，每一个眼神，彼此都会感动
呵，窗棂上的星星，你悟透了人间的真情

做一次天空的过客

带着秋的畅想，带着湖的寄托乘风远飞
做一次天空的过客
我是大地的孩子，我是飘飞的芦花

您好，蓝天白云，听我向你们诉说
大地，我亲爱的母亲
您把血肉化作万里山河
您用乳汁滋润万物的生活
您用数亿年的奉献换来这美好的世界

曾几何时，自私和贪婪成为某些人填不满的欲壑
环境污染，让大地心痛
我看到母亲的心在流血
作为大地之子，怎能不痛苦欲绝？

我从大地起飞，来天空做客
吸一口清爽的空气，享受快活
把大地的伤痛向天空诉说，请天空帮大地清除污浊

呼唤连绵的小雨，期盼飞舞的雪花
抚平大地的伤口，让母亲恢复健康的体魄
我不会眷恋天空的蔚蓝，我只是一位匆匆过客

当我回归大地，化作春泥
我期待那一望无际的绿色

我读着，你给大海的情书

我用颤抖的手，掀开你给大海的情书
天地间，彩虹飞舞，迷醉了我的双眸
每个字，用泪水浸泡，化作跳动的音符

哗啦啦的海浪声，那是真诚的回音
一声声，一声声，全是美好的祝福
看到了吗，一次次的潮起潮落，是大海的心跳起伏
远方，船载明月漂流，追逐着爱的心曲
那如泣如诉的琵琶声，远了又近，近了又远

也许只有我能听懂，一片真情的倾诉
我不愿你看到，泪花如翻腾的海浪
我不想让你听到，涛声震天撼地
我只想和你一起，畅游在大海深处

你是否感受到

我用诗传播感情，情重如山
你是否感觉到，文字的分量

我用诗指路导航，灯塔万丈
你是否感觉到，文字的光芒

我用诗助你飞翔，风鹏正举
你是否感觉到，文字的力量

我用诗慰藉灵魂，融化冰雪
你是否感觉到，文字的热量

我用诗呼唤春天，百花争艳
你是否感觉到，文字的芳香

献给情人节

这个世界美女如云
我只挑选了一个情人
有缘认识我的情人
那是上天派来的天使

因为那次难忘的初吻
舌尖上留下了无尽的芬芳
因为你的陪伴
我的灵魂不再孤独
最幸福的日子不是日夜相守
而是我两次手术你守候在身边

你给我最珍贵的礼物
是我最可爱的儿子
因为你是我唯一的情人
我愿把一切奉献给你

殇别

就这样匆匆而来，又匆匆而去
让这座城市时而惊喜，又时而惋惜

时光被眼泪打湿了
却留不住来去匆匆的你
岁月如流，却没有带走
那停滞在记忆中的美丽

那一次意外的邂逅
给这个世界打下深深的烙印
相互守望，那颗执着的诗心
莫非是诗溶进了血液
不然，怎能感受到
那字字句句的体温？

南去的列车，带走遗憾的冬季
使这座城市泪送别离
我知道春天已不遥远
期待着冰消涧底，春上花枝

蓝鸟

浅蓝色的裙

在黄昏里摇摆

裙上带着滹沱河的波光

平原上芳草香

那分明就是一只小小的蓝鸟

不是在梦里，而是

在我视野里飞翔

珪璧含润，兰桂有芳

这赞美隋朝张夫人的佳句

很适合用在你身上

你静若青莲，动若野百合

教师的气质自然奔放

玉润冰心

昭示你心灵的纯洁

喜鹊鸣枝

宛如你的，低吟浅唱

不，你分明就是一只会唱歌的蓝鸟

甜甜的歌，优雅响亮

我知道你不会飞走

热恋着平原的旖旎风光

我知道你不会停止歌唱

内心的痴情滚烫滚烫
越来越多的人在聆听
聆听蓝鸟动听的歌
越来越多的人在欣赏
欣赏蓝鸟高飞的翅膀

天边的云彩

你远离我，像一片透明的轻纱
飘浮在遥远而又遥远的天边
虽然有爱却遥不可及
距离把流泪的灵魂分割成碎片

你远离我，宛如瑶池的一朵莲花
绽放在我梦中的伊甸园
虽然不能靠近你
芬芳却在我心里长久弥漫

你远离我，总想化作晶莹的雨滴
打湿你对大地的爱恋
而太阳每时每刻都在监视你
把你忧伤的渴望变成梦幻

你远离我，依偎在广阔的蓝天
蓝天是你蓝色的港湾
而我把深沉的思念变成一片蓝
永远陪伴在你身边

寻觅，远方的风景

湖上兰舟，空载一轮明月
河上孤帆，携带绵绵情思
天上的白云，化作泪雨
平原上的风，掀动一行行诗句
多少曾经，变成枯黄的落叶
燕子呢喃，唤醒了永恒的记忆

那日，可谓短暂的邂逅
千年等待怎舍得匆匆别离
远方的风景让人迷离
望穿秋水也无法寻觅
夜深人静守着孤灯一盏
反反复复品味那难懂的诗句

我从诗中寻觅远方的风景
字字句句都是朦胧的花雨
那诗心绽放的芳馨
把春天装点得如此美丽
那诗句描绘的风景
竟产生无穷的魅力

纵然心胸如海
却不能袒露点滴
即使千支彩笔
难绘一抹新绿
远方的风景令人陶醉
我只能寻觅寻觅寻觅

爱你

爱你，像爱大海
深邃奥妙，激情澎湃
那是爱的摇篮
每一朵浪花都撞击胸怀
于是，我把爱化作一颗鱼卵
长大成鱼，在波峰浪谷寻找自在

爱你，像爱蓝天
辽阔高远，阳光灿烂
那是爱的摇篮
每一滴春雨都滋润心田
于是，我把爱化作一片羽毛
陪伴小鸟，飞向遥远的天边

爱你，像爱大地
江河纵横，群山连绵
那是爱的摇篮
每一朵小花都燃烧爱的火焰
于是，我把爱化作一棵树苗
扎根大地，有朝一日高耸云端

你的诗

你的诗，点亮一盏灯
皎如明月，势如彩虹
　照亮了我的心宇
　送给我无限光明

你的诗，孕育一枝花
芳香四溢，倾国倾城
　俏了江南塞北
　醉了我的灵魂

你的诗，酿成一杯酒
枕香入眠，泪花打梦
　芬芳了四季
　浪漫了人生

你的诗，编织一个梦
多姿多彩，梦回青春
　扬帆大江东去
　乘风飞越太空

妻

你十八岁
我望着你
那是一朵春花
芳香四溢
真是艳压群芳
最美的花季

你二十八
我望着你
那是一朵青莲
粉红欲滴
真是艳而不妖
震惊了夏季

你三十八
我望着你
那是一株海棠
亭亭玉立
真是日臻成熟
透出秋的气息

你四十八
我望着你
那是一株蜡梅

傲雪挺立

俏了江南塞北

装点着冬季

你是一朵花

开在我心里

恰似初见

绽放着美丽

那是上天赐予我的礼品

一生珍惜

想见你

天高，我知道
你是天河里的一颗星辰
等待，我要穿越太空
去见你

海深，我知道
你是海底的一颗珍珠
等待，我要跳进大海
去见你

路远，我知道
你是雪山上的一朵雪莲
等待，我要攀登雪峰
去见你

七色虹

七夕，中国的情人节
一年中最期盼的日子
我用七朵玫瑰编织成彩虹
送给最亲的人

七色虹，凝聚着真情
把两颗心紧紧连接
一端是爱恋，一端是思念
彼此的心跳都能听见

虽然很久没见面
牵挂的线一直没中断
如今，心中飞出七色虹
把爱洒满长天

今夜，仰望浩瀚的银河
七色虹无比璀璨
天上的牛郎织女
羡慕多情而浪漫的人间

献给七夕

因为多情

我喜欢无边无际的大海

但愿心中

感情如大海般丰富

永不枯竭

因为真情

我喜欢洁白无瑕的玉石

但愿心灵

如玉石般纯洁

晶莹透明

因为痴情

我喜欢喷薄而出的日出

心之向往

如日出不会改变

岁岁年年

盼望

我在黎明的曙色中盼望
盼玫瑰似的朝霞在天空绽放
好久不见
我想采一朵玫瑰
插在你飘逸的秀发上

我在静夜的月光下盼望
盼月宫酿酒的吴刚
好久不见
捧一杯桂花美酒
让心上人细细品尝

我在高山之巅盼望
盼缥缈的云雾弥漫山岗
好久不见
摘一朵白云当手帕
擦去你脸上的忧伤

我在宁静的海湾盼望
盼爱的小舟扬帆起航
好久不见
让我们同舟共济
驶向共同向往的地方

我在古城博陵盼望
盼汉王公园微波荡漾
好久不见
让我们荡舟湖上
在舟上倾诉衷肠

你，来自衡水湖畔

悄悄地，你来到这座城市
淹没在茫茫人海中
虽然不曾见到你熟悉的面容
但我感觉到你真的带来了春天

你，来自衡水湖畔
来自我的故乡冀中平原
飘逸的秀发，
像衡湖岸边摇曳的柳丝
清澈的眸子，
像湖水荡起碧波涟涟
那漂亮的红衣衫
像三月的桃花开得正艳
还有，那澎湃的诗情
像春天的芳香随风飘散

你悄悄地来，又悄悄地走
给这座城市带来了春天
也带走了我
无穷无尽的思念

爱，不必说出口

鸟儿用翅膀轻抚着白云
　表示对蓝天的爱恋
鱼儿用嘴巴亲吻着浪花
　表示对大海的爱恋
蝴蝶用舞姿吸引着花朵
　表示对春天的爱恋
小草用绿色孕育诗篇
　表示对大地的爱恋

爱是心底喷出的泉水
泉水无声却无比甘甜
爱是灵魂绽放的花朵
花朵无声却无比芬芳
爱是眸子透出的眼神
眼神无声却无比温暖
爱是思念汇成的潮水
潮水无声却无比壮观

　当你爱上一个人
　爱不必挂在嘴边
真情，胜过海誓山盟
付出，胜过万语千言
　爱是海，被爱是山
　山和海，永相连
　　爱一终止
　便是海枯石烂

189

遥望那座城堡

那是一座坚固的城堡
城墙高筑，护城河围绕
没有船，也没有桥
人迹罕至，只见城楼上空的飞鸟

城堡里那不熄的灯火
日夜在心头烧
隔岸遥望，相对愁眠
城堡那边风景独好

我是一只小小飞鸟
凌空高飞，直冲云霄
俯瞰城堡的风景
亲吻城头的小草
城堡里的梦中人
望着小鸟偷偷微笑

天空，你洁白的情书

飘飘洒洒的雪花
在天空自由飞舞
那是多情的春姑娘
迟到的情书

雪花吻着我的脸
有太阳的温度
千里晶莹
入双眸
一片冰心
在玉壶

雪花，洁白的情书
只能用心去品读
天空，你洁白的情书
雪花漫漫在飞舞

衡水湖，我还没有拥抱过你

阳光洒在湖面
衡水湖，你笑得如此灿烂
因为几分羞色
犹抱琵琶半遮面
我看不清你的容颜
轻轻掀开你的盖头
露出一张美丽动人的笑脸

风儿吹过来
湖上荡起微澜
我乘坐的游船搁浅了
停泊在碧浪中间
掬起一朵浪花
吻了好几遍
我在吻一颗诗心
好甜好甜

湖上的莲花
开得正艳
我像一滴露珠
在荷叶上睡眠
几度寻梦
找回前世尘缘
莲花无语

泪水打湿了诗笺

衡水湖，我从来没有拥抱你
远了又近，近了又远
你像一个蓝色的梦
又像一个远航的帆
而我，就是一只漂泊的船
寻找灵魂停泊的港湾
待明日，满船空载皎月归
我会泪洒长天

南行的列车

列车开动了，箭一般向南驶去
这座城市整个就要崩溃
灵魂的碎片漫天飞舞
覆盖了无雪的冬季

列车呀，不要行驶得太快
我担心颠疼了那颗孤独的心
我知道，你怀揣一首送别的诗
早已把它捂得热汗淋漓

没有机会说声告别
入心的歌唱到了夜深
记得列车十一点钟开动
心随车去，就像一片飘动的云

知音难觅

你在沉默中等我，我在孤独中寻你
虽然相距遥远，心与心没有距离

举目人海茫茫，却是知音难觅
因为诗结情缘，所以不离不弃

叹诗圣杜甫，诗中爱意不够厚
笑诗仙李白，爱的含义没说透

数风流人物，还看今朝
诗潮滚滚而来，将爱进行到底

第五章

心灯哲语

（智慧篇）

仰慕

我仰慕高山的巍峨，但高山不是我；
我只是一个颗石子，蕴藏大山的本色。

我仰慕大海的磅礴，但大海不是我；
我只是一滴水珠，能把阳光折射。

我仰慕森林的苍郁，但森林不是我；
我只是一棵小树，投下绿茵一抹。

我仰慕草原的辽阔，但草原不是我；
我只是一棵小草，报知春的喜悦。

太阳如歌（三首）

一

当太阳从地球那边跃出来，把光明洒满人间，你会听到花开的声音；当太阳沉到地球那边去，黑暗罩住了天宇，你会听到小草在哭泣。世界上一切生命都向往光明。爱迪生告诉人们：光明不是靠等待，而是靠创造！

二

太阳选择浩瀚的天空作为奉献的岗位，他无比慷慨地燃烧自己。当他劳累一天远行休息的时候，月亮悄悄为他送行，那满天的星斗，是月亮洒下的惜别的眼泪！

三

日出日落，太阳如歌！

人们不会忘记太阳昨天的辉煌，更加期待太阳明天的壮美。其实，太阳每天都是新的。

当太阳跃出地平线，绽开一片美丽的嫣红，你不觉得，那是新的一天开始的时候，宇宙带着美好的祝愿，献给人们的一朵红玫瑰吗？

颂牛诗（十首）

一

自幼就是放牛娃，牛背曾是我的家。
白云为我拂衣尘，牧笛声声送晚霞。

二

老牛拉犁田间走，不顾青天云悠悠。
愿闻早春泥土香，更喜秋天五谷酒。

三

生来从不食佳肴，只求农家几把草。
拼出全身筋骨力，拉着犁杖田间跑。

四

不慕骏马配好鞍，不求主人来打扮。
全凭一身犟力气，耕地堪称好状元。

五

日出离家日落归，陌上田间洒汗水。
枯草充饥化为肥，催得稻菽金浪飞。

六

穿破江南雾千重，踏碎塞北雪万朵。
一生报答养育恩，主人指路我拉车。

七

蹄声惊起东山月，汗水洗去西山霞。
终日辛劳却无语，从来不想让人夸。

八

风雨遮天路不迷，冰雪铺地何所惧。
一腔热血力无穷，关山万重任奋蹄。

九

天高地阔路茫茫，何必要问去哪方。
车轮碾碎天边月，不须主人鞭儿扬。

十

不恋路边芳草绿，不恋花丛彩蝶飞。
不恋堰上桃花红，最恋西山夕阳美。

静心（二首）

一

花落自然景，云飞乃正常；
笑看人间事，心胸坦荡荡！

二

洞箫传远山，醉剑点飞花；
万卷诗书在，何愁不潇洒！

无题

静坐书斋，阅唐诗宋词，古今名篇；
却不见白鸟青鱼，海天碧蓝，
还有那绿色珊瑚，渔火闪闪。

望秋空，孤云高悬，
窗外梧桐，声声鸣蝉。
人不见，信也断，
相离是近还是远？
那般情，是浓还是淡？
痴情诗，
化作江南红豆，粒粒饱圆；
独自品尝，有苦也有甜！

只好让澎湃的心潮冷却，
把相思的岁月藏在诗里，
多年以后，
再悄悄打开，
回忆一片灿烂！

第二颗太阳

在圣洁的医院，在温馨的病房
升起美丽的太阳
那么灿烂，那么明亮
温暖着你，温暖着他
让心灵之窗充满阳光
让生命之水源远流长
那是白衣天使博大的爱心
那是人间第二颗太阳
啊，太阳，太阳——

在医学的圣殿，在事业的海洋
升起美丽的太阳
那么绚丽，那么辉煌
温暖着你，温暖着他
让心灵之窗充满阳光
让生命之水源远流长
那是白衣天使博大的爱心
那是人间第二颗太阳
呵，太阳，太阳——

我的两套马车

我艰难地拉着两套马车，文学和书法
仿佛是上苍赋予我的神圣使命，我不敢怠慢
在坎坷的道路上奋力前行
令高山化为平地，令大海化作平原
前进的道路一刻也不停歇

忆二王，还有颜柳欧赵
忆李杜，还有苏辛李柳
历代书家和诗人，是我的良师益友
如果说文学是我的生命
那么，书法便是我的血液和骨肉
我拉着两辆马车，永不停歇地前行

一路芬芳，献给我的朋友
艺术的奇葩，感情的美酒！

呼唤

诗的王国在呼唤，呼唤美丽的天使
没有你的出现，就没有春天的灿烂
你在喧嚣中沉默，一如雨中的雪莲
笑看苍茫大地，面对连绵的群山
诗在心海沉淀，没有一丝波澜

我来了，与你同行，扬起远航的帆
你的诗，化作万顷碧波，弹奏大海的琴弦
而我是一个海贝，装满大海的壮观
我们因诗结缘，在诗的王国狂欢
让别人说去吧，大道又宽又远

冬

漫天飞雪舞翩跹，冰崖红梅傲奇寒。
我爱北国雪狂舞，更喜梅花俏大千。
雪花梅中舞彩蝶，春风柳上吹玉笛。
且问争春第一枝，留住春光有几许。

月亮笑得那叫美

星星对月亮说，我们陪伴你，
让你永远不再孤独，你是我们崇拜的女神；
太阳对月亮说，虽然我见不到你，
但每天都想你，你是我牵挂的仙女；
月亮笑着说，太阳照亮白天，
我和星星照亮黑夜，只要发光就好。

飞吧，自由的小鸟

离开眷恋的爱巢，羽毛上带着温馨
飞吧，飞向广阔的天空

只为生活打拼，捕捉春的讯息
追逐天上的流云，阳光铺开五彩路
远方，鲜花似锦
梦已啄开，童话般美丽
凌乱了你期盼的眼神，你不再犹豫
当然，也不吝惜那般耕耘

春的花，秋天的果
大平原宽广的胸襟，还有风花雪月
全是献给你的吻

205

我是一叶孤舟

海上，万顷碧波
托起一叶孤舟
那是我蔚蓝色的梦，在浩瀚的大海里漂流
无悔的执着，浪漫的追求，只为领略海韵
还有，未曾见过的海市蜃楼

梦，乘着海风，呼唤着云天飞翔的海鸥
来吧，我们一路同行，和大海交个朋友
让那一片碧蓝，抚平心灵的伤口

我不想蜗居在污染的城市
成为雾霾中的残花败柳
或许，大海知我意，热情迎接远方的朋友
海风抚摸我的衣袖，海浪拉着我的手
碧蓝碧蓝的海水，洗去我身上的污秽
我陶醉在大海的怀抱里，很想让梦永远停留

哗啦啦的海浪声把我从梦中惊醒
倚窗远望，天空的雾霾没有被风吹走
雾霾像灰色的布遮住了天空，也擦亮了我的眼球
我发现全民已经觉醒
奋起投入抗污染的战斗
尽管我是一叶孤舟，却能载着一轮红日
照耀九州

冬至，我想拥一地阳光

记住这个节气，冬至
一年最冷的季节开始了
于是我想起一句禅诗，焰里寒冰结

天这么冷，我担心灵魂被冻伤
我知道，故乡的太阳最暖
谁陪我，拥一地阳光

我的心又插上翅膀，飞往魂牵梦绕的地方
太阳知道，冬至是我归期
只为拥有一地阳光

秋空孤雁

纷乱的思绪，像绽放的烟火
绚烂了心空
远方，一片迷蒙
孤独的我，像一只孤雁
唱着眷恋的歌，在蓝天白云中飞行

不曾忘记，那一次邂逅
是喷发的诗，搭起心灵之间的彩虹
飞吧，飞到故乡
亲吻那个嫣红的黎明
几声雁鸣，能否把梦中的百合唤醒

风花雪月皆禅意

风吹过来，风没动
那是在静谧的世界里，心在动
花开了，烂漫了你的眸子
花本无色，那是你对色的浪漫感知

雪在飘，满天的白絮
其实是一种幻景，因你那纷乱的思绪
月很姣美，月亮有心也有眼
你看着她，她也看着你

梦

梦，藏在贝壳里
听雪浪涛声讲述大海的故事
梦，藏在露珠里
听芳草花蕊讲述太阳的故事
梦，藏在微风里
听柳絮杨花讲述春天的故事
梦，藏在书本里
听诗人作家讲述爱情的故事
梦，藏在微信里
听天南海北的朋友讲述我们的故事

牡丹题画诗

洛阳牡丹千万枝
此枝有缘心最痴
对客含笑却不语
犹在月下独吟诗

莫为失去的青春叹息

谁都经历过青春年华，拥有过骄人的壮丽
精力如烈焰般燃烧，写入难忘的日记
岁月毕竟如流水，怎能阻止大江东去

人到暮年常忆往昔，仰望天空一声叹息
幻想时光能够倒流，那不过是梦幻而已
过去的就让他过去，莫为失去的青春叹息
曾经的成功不值得骄傲，再惨的失败不要哭泣

人生就是一个过程，有阳光也有风雨
夕阳熔金满目青山，衔山的夕阳最美丽
我把诗化作晚霞，辉映可爱的山川大地

自嘲

乔老乔老，其实不老
心里年轻，青春年少
一颗童心，灿然微笑

乔老乔老，两个爱好
一是吟诗，二是挥毫
笔卷风云，胸涌诗潮

乔老乔老，乐观逍遥
侠骨义胆，笑傲魔妖
一心向善，佛光普照

乔老乔老，诚信可靠
几分幽默，老来更俏
顽童一个，可别见笑

悠哉乐哉

虽然我是闲云野鹤，
但我拥有一片蓝天，
那是属于我的精神家园，
不论新朋老友，都是人生路上，
携手共进的有缘人。

我用一颗爱心，播洒阳光雨露，
让他们一如春花芳草，尽情绽放幽香，
我用最美的诗，为他们点亮心灯，
在烟雨蒙蒙的世界踏上光明之旅！
心常宽，情永在，乐悠悠。

禅

圣洁的莲花，是我一颗禅心
云中的雪峰，是我仰望的禅境
晶莹的白玉，是我追求的禅趣
船载明月归，是我喜欢的禅意
燕衔春天来，是我爱慕的禅诗

思念，穿过平安夜

今夜，世界上数亿双眼睛
等待着天边那一弯月牙
所有城市的霓虹灯，都闪烁着平安夜的神话
期盼着带来吉祥的圣诞老人，白发苍苍如一树梨花
我的思念穿过夜幕，飞向遥远天边，不知落谁家

平安夜，谁伴我仰望星空，拥抱那皎洁的月华
在这吉祥的夜晚，情满人间，心灯闪亮
狂欢的人群，犹如天上的银河
所有的人企盼平安
平安在哪，平安在月下深沉的思念里
思念飞到哪，那里就是平安的家

知音

蜜蜂是花朵的知音
当蜜蜂钻进花蕊，能听到花儿心脏的跳动
花儿爱听蜜蜂的浅吟低唱

露珠是小草的知音，当露珠在草尖上闪动
小草笑而不语，望着露珠那多情的眼神

鸟儿是树林的知音
理解树林的寂寞
从黎明到黄昏，在枝头唱着心中的歌

月亮是大海的知音
每一次大海涨潮，月亮就悄悄出现
用姣美的月光抚慰大海狂跳的心

书法，我心灵的翅膀

苦苦等待了好多年，寂寞的心灵

在岁月的风尘中，演化为化石

我想飞，在浩瀚的天宇飞翔

于是我寻找，放飞心灵的翅膀

在《兰亭序》《圣教序》中，我认识了王羲之

他使我凝固的心灵复活了

我开始续写生命的华章

《古诗四帖》和《自叙帖》，让我认识了张颠素狂

兴奋的血液周身激荡

还有那位永远不服的王铎

告诉我什么是书法家的倔强

二十个春秋，我坚持临摹古帖

与古代书法家交朋友

从他们身上汲取艺术营养，重新塑造自我

让心灵开始飞翔

飞过蓝天，飞过海洋

飞出中国，飞向世界

我用一颗心

亲吻地平线上升起的太阳

我相信，艺术的阳光

会把每个人的心底照亮！

距离

天空和大地有遥远的距离
地仰望天，天俯瞰地

太阳和月亮，是天空赠给大地的金镯和银镯
大海和高山，是大地对天空的感激和致意
悄悄降落的雪花，是天空写给大地的情书
那连绵的雨，是天空献给大地的吻

春天的百花，是大地望着天空微笑
秋天的果实，是大地赠给天空的礼物

天地之间距离遥远，心与心贴得如此紧密

真　想

真想成为绽放的春花，不想成为飘零的落叶
哪怕是烂漫一刻，也对得起这个世界
可是，谁能挽住流逝的岁月
谁愿意看到，落叶在风中呜咽
朋友，珍惜生命吧
但愿你是一朵春花，不是一片落叶

真想成为春天的芳草，不想成为冬天的残雪
哪怕是鲜绿一刻，也对得起这个世界
可是，谁能留住流逝的时光
谁愿意看到，白雪在艳阳下融化
朋友，珍惜生命吧
但愿你是一棵芳草，不是一片残雪
惜时如金，你就会有一颗金子般的心

我

虽然我很渺小，渺小得像一粒尘埃
　　但我心里，装着整个世界

虽然我是硬汉，有军人钢铁般的意志
　　但我见到花落，竟然伤心落泪

虽然我步入晚途，一如秋天的黄叶
　　但我心里年轻，恰似春花竞秀

虽然我笔耕不辍，追求生命的灿烂
　　但我赏月吟诗，可谓潇然自得

　　虽然我本性善良，但爱憎分明
　　心系天下百姓，最恨无耻贪官

世界哲思

若有突显心，眼前现山峰
白云山间绕，岭上有青松
若有激动心，可见海浪涌
海鸥逐浪飞，碧波千万顷
若有坦荡心，一览平原景
喜看百花开，可见万物生
若有流动心，眼前江河横
朝观流水急，夜赏船月明
一念一世界，万物心中生
待到念俱寂，心光朗乾坤

笛声

吹响竹笛，让心曲传向远方
远方，是否期待，生命的交响
春已远去，犹闻花香
笛声载梦归来，寻觅那枝头的芬芳
笛中有诗，诗中有情
笛声伴随诗情飞扬，醉了河畔的花
天边的月，还有枕上的梦想

知否，那婉转的笛声
是对冬的诉说，还是对春的畅想？

219

我相信

我相信，只要有早晨，太阳总会升起
我相信，只要有春天，花朵必然绽放
我相信，只要有大海，海鸥必定飞来
我相信，只要有夜空，月亮一定出现
我相信，只要有梦想，前程一路芬芳

黑夜

黑夜降临
天幕，黑丝绒般纯净
比朝霞满天，更加质朴
比阳光灿烂，更加含蓄
在沉沉夜色里，思想更加放松

善良，在黑夜里透出光明
纯洁，在黑夜里依然神圣
高尚者，在黑夜里不失尊严
卑鄙者，在黑夜里露出狰狞

繁星，都睁开眼睛
注视着每一人的品行
明月，仿佛是一面镜子
照着每一个人的灵魂
试问天下众生，在黑夜中
你是否坦然，你是否宁静

无声的心语

荷叶上的露珠微笑着说
我看到的不只是阳光
还有天空的云
所以，我要保持清醒
否则就失去了晶莹

池塘边的芳草微笑着说
亲吻我的不只是雨滴，还有吹来的风
所以，我要挺直腰身，否则就会随风摆动

枝头上的花蕾微笑着说
热恋我的不只是彩蝶，还有采花的蜂
所以，我要在夜晚绽放
否则就无法避开来袭的敌人

海边的岩石微笑着说
我听到的不只是动听的渔歌
还有哗啦啦的涛声
所以，我要仔细分辨
否则就寻不到我需要的声音

朋友，我用一颗爱心告诉你
这个世界复杂纷纭
既然脑袋长在自己肩上

就要习惯独立思考
否则会失去理智乱了方寸

昨天，今天，明天

从地平线上升起的太阳
给昨天画了个圆圆的句号
不管昨天是否圆满
毕竟已经结束，不必怀念

高悬在夜空的一弯新月
给今天画了个崭新的逗号
新的一天开始了
珍惜美好的时光，续写新篇

大海那连绵起伏的海浪
给明天画了个未知的省略号
我们对明天只能展望和期待
但愿心想事成，并不遥远

案上月影

夜深风寒，孤灯残月
是谁，还在灯下写作

案上几时月影绰绰
仿佛是来自远方
朋友的关切

寒星窥视着小窗
见案上月光流泻
也想跳进
这忙碌的深夜
和月亮一起
烂漫你的世界

五台山笔会

笔扫太行云，诗惊黄河浪
五台迎狂客，满纸现佛光
诗为书之魂，书为诗翅膀
诗书合璧时，瀚墨惊玉皇

每一个早晨都是新的

送走昨夜的梦
一睁眼，天亮了
又一个金色的黎明
像披着婚纱的新娘
轻轻地走来
迷住了我的眼睛

雾早已散去，天空海蓝海蓝
阳光是那么明亮温柔
沐浴我全身
好舒服呵，恰似喝了一杯美酒

人生会有多少个早晨
每一个早晨都是新的
逝去的不会再来
再来的不会依旧

今天的早晨正伴随我
让我一分一秒地享受
享受这如金的时光
这是我最宝贵的拥有

红玫瑰，白莲花

喜欢红玫瑰，一身猩红

绽放出血色的浪漫

使人想起

喷薄而出的红日，天边燃烧的晚霞

你把真善美藏于蕊中

向世人讲述美丽的故事

蜂来了，蝶来了

它们不想伤害你

唱着歌，跳着舞

用爱心亲亲地吻你

我发现，红玫瑰开得更美了

喜欢白莲花

一身素装，绽放出洁白淡雅

使人想起

天山的雪莲，大海深处的白珊瑚

你把真善美藏于蕊中

向世人讲述纯洁的童话

我来了，他来了

带着关爱和牵挂

只想让你幸福地微笑

谁知晓，夜雨吻花，泪花打梦

或许是前世情缘未了
偷偷再看你一眼
我发现，白莲花开得更娇了

我听到了

手里紧攥着长长的线
我听到了天空的风筝在致谢
在海滩捡起一个贝壳
我听到了大海在贝壳里咆哮

在山谷里采了一束野百合
我听到了春天在花蕊里哭泣
在林中发现一只黄鹂
我听到了她在月下偷偷歌唱

在故乡捧起一把泥土
我听到了母亲的叮咛
在海边望着万顷碧波
我听到了大海的心脏频频跳动

在唐诗宋词里抄录一行行佳句
我听到李杜苏辛说你是知音
我拂去这座城市被污染的泪痕
我听到了祖国母亲说我爱你

智慧的花蕾

太阳慢慢升起，拉长了你的影子
风筝飞得越高，放飞的线就越长

风儿吹过来，带走了花的芬芳
没有月亮的时候，星群灿烂了夜空
露珠儿虽小，却能容下太阳的光
小草一点绿色，代表了整个春天

浪花每一次闪烁，都是大海的心跳
雄鹰的翅膀，能丈量山峰的高度
小鸟在枝头鸣叫，赞美的是世界的安宁
花开的声音，汇成人间最美的乐章

227

爱桥

我姓乔，喜欢桥
这种偏爱君莫笑
我爱人间连心桥，你心我心一起跳
我爱雨后彩虹桥，碧空添彩更妖娆
我爱长江天堑桥，大江南北铺通道
我爱黄河横河桥，锁住巨龙傲狂涛

我爱海上跨海桥，仿佛欲把地球绕
我爱大渡河上铁索桥，十八勇士逞英豪
我爱中国梦里筑金桥，巨龙腾飞在今朝

致野百合

你在寂寞的山谷兀自盛开
芬芳随着风儿飘散，弥漫了整个世界
此时此刻，即使我是大山里的一块石头
也会深深地感动，竟然泪如山泉

我想化作一阵风，为你梳理秀发
我想化作一片云，为你抚平衣衫
当然，我最想变成一只小蜜蜂
展开金色的翅膀，飞进你的花蕊
蜂儿的梦一定很甜很甜

流动跳跃的音乐

书法，流动跳跃的音乐
伴随我的心灵在歌唱
我不知道，知音在何方
即使找不到知音，那也无妨
我相信
字中自有芳草绿，行间可闻流水香
每一幅作品都是春天的乐章

我爱书法，爱得那么痴狂
那是我心灵的表白
那是我生命的绽放
就让每一幅作品
成为春天的绝唱
流动吧，跳跃吧
让书法的音乐展翅飞翔
整个世界都在倾听
奔腾的黄河，高耸的太行
倾听一位诗人
如潮的感情在奔放

小草在音乐中更绿
花儿在音乐中更香了
我在流动跳跃的音乐中
头脑更清醒了
路在脚下，路在远方
远方是春天最美的地方

并非

向天空放飞一只风筝
并非领略天空的高远
而是想走近太阳
感受太阳的温暖

向大海驶进一叶小舟
并非探寻大海的深奥
而是扑进大海的怀抱
聆听大海心脏的跳动

假如时光能倒流，那该多好

生命的时针已转动到苍老

未来的路，铺满了晚霞

可是我依然怀念

七八点钟的太阳，灿然明照

尽管这是一种无法实现的奢望

但是，想一想也好

假如时光能倒流

倒流五十年，那该多好

我就是七八点钟的太阳

在天空尽情燃烧

把万缕情丝，抛入大地的怀抱

寻觅知音，拥抱美丽，欣赏妖娆

我们一起去旅游

在世界各地，留下一千幅合照

我们一起去登山

采一朵山花，系在你的发梢

我们一起去观海

捡一个贝壳，听大海咆哮

我们一起去草原

喝着奶茶，看月亮微笑

当然，要一起吟诗唱歌

让世人品尝，爱情的味道
我明白，日出日落，自然之道
"生命诚可贵，爱情价更高"

失去的，不必叹息
得到的，不可自傲
生生世世，追逐美好的爱情
你就是七八点钟的太阳
爱情围绕着你
化作霞光万道

我不孤独，也不寂寞

孤独的时候

我就写诗

让诗给心灵安上翅膀

去寻觅知音

心与心交会

把孤独甩在一旁

寂寞的时候

我就听歌

让歌给心灵伴唱

心随歌狂舞

把寂寞甩在一旁

我不孤独，也不寂寞

孤独被诗赶跑

寂寞向歌投降

诗

诗，心灵绽放的花朵，散发出醉人的芳香

诗，心与心之间的彩虹，彼此的心跳怦然有知

诗，感情酿成的蜜汁，只供有情人品尝

诗，女人的口红，供男人欣赏

诗，男人的眼神，供女人思量

233

美，在稍纵即逝的一瞬

人世间没有永恒的美
美，往往出现在稍纵即逝的一瞬
恰似，初绽的春花，雨后的彩虹
漂亮女孩脸上笑出的天真

那美丽的一瞬
能让整个世界惊奇
也深深地，深深留在你的记忆里
与你一生相随

母亲最难忘的
是从自己身上掉下来的孩子
第一声婴啼
或许，那是最动听的音乐
让母亲心海里荡起涟漪
把小太阳紧紧抱在怀中
瞧，母亲笑得多么甜蜜

洞房里的花烛一亮
新婚夫妇的心都醉了
何必等待花烛燃尽
守望夜空月隐星稀
红豆般的花烛
陶醉了所有的俊男俏女

春天，当你迎接第一滴春雨滋润
夏天，当你接受第一缕微风亲吻
秋天，当你等来第一次月圆如盘
冬天，当你展臂第一次拥抱雪花
　　你是否感觉到
　　那的确是一种瞬间的美丽

也许，你刚刚跨入大学的门槛
也许，你刚刚领到第一个月的工资
也许，你刚刚登上出海游玩的客轮
也许，你刚刚走进出国旅游的飞机
　　你明白吗
　　那是瞬间美丽给你的惊喜

这个世界对所有善良的人
　　都会公平地对待
不要抱怨，不必焦虑
　　或早或迟
你会得到属于你的美丽
　　哪怕是一瞬
　　也要好好珍惜

傲骨

也许是生来就有一身傲骨
一辈子也不曾消除
在谦卑者面前
我显得更加谦虚
在高贵者面前
从未低下自尊的头颅

我靠自己的本事吃饭
从来不奢望谁的恩赐
让拍马屁的小人自鸣得意吧
他们缺少的是一身傲骨

三月，听燕子呢喃

你从南方飞来
翅膀上带着红豆的香味
醉了，北方的三月
我聆听着燕子的呢喃

雪融化了，一冬的相思
玉兰花露出粉嘟嘟的笑脸
燕子的呢喃
吟诵着没给你写完的诗篇

就这样傻傻地等待
在柳絲飘翠的早晨
眼巴巴望着蓝天
想听到燕子的呢喃

晒太阳

墙脚下那几位白胡子老爷爷
每天坐在一起晒太阳
儿时的我不想打扰他们的安静
让温暖的阳光在他们身上徜徉

他们曾经是地道的庄稼把式
汗水滋润了大平原的土壤
他们年复一年地辛勤耕耘
每天迎接地平线升起的太阳

岁月耗尽了他们的体力
脸上却留下风霜雪雨
虚弱的身体需要温暖
他们每天都离不开阳光

我从孩童步入老年
每天坐在阳台上晒太阳
我是晒自己的灵魂
让内心深处洒满阳光

我相信只要内心充满阳光
即使雨天依然天空晴朗
拥有一颗太阳般的爱心
脚下的路越走越宽广

喜欢每一个微笑

我喜欢每一个微笑
因为那是世界的福音
微笑浮现在脸上
我看到了开满鲜花的内心

每当我面对一次微笑
感觉阳光浴满全身
我在微笑中探寻
人世间最美的温馨

或许心灵还残留伤痕
于是懂得了微笑珍贵如金
有谁不曾经历过坎坷
晴空的太阳不会忘记阴云

但愿每一个人永远开心
用微笑抚平心灵的伤痕
我珍惜每一个微笑
因为它价值千金

咏月

月心

月亮那颗心是晶莹透明的，我在望月的时候，能感受到月亮心脏的跳动。月亮高兴时，喜泪化作满天的繁星，月亮悲伤的时候，天空布满了阴云。

月心是人世间最圣洁的爱心，那皎洁的月光，是月亮献给世界的吻。

月魂

月亮是有灵魂的。当夜幕降临，月亮悄悄升起，用闪光的灵魂照亮夜空，给普天之下的人们带来光明。

月亮乐于奉献，不求回报，而且从来不炫耀自己，只有在黑夜人们才能发现她的美。

月之魂，伟大而圣洁！

月华

月华如练，连接天和地。月亮羡慕天空的高远和大地的宽厚，而天空和大地都仰慕月亮的圣洁。

高远宽厚圣洁，都隐藏在如银如练的月华里。

月华，抚摸着我的头，沁润着我的心，教会了我怎么做人。

月迹

开悟之后，浮名浮利随云散，禅心悄然追月走，月亮走多远，我就走多远。

月亮铭刻着我的名字，我怀揣着圣洁的月亮。

禅心如月。我人生的轨迹，洒满了月光。

月迹，也是我人生的轨迹！

叶子

岁月在叶子上写日记

从春的嫩绿到秋的金黄

每天送给叶子甜蜜的吻

是那默默无语的阳光

叶子深爱这个世界

爱到成熟才疯狂

风儿了解叶子的心意

带着叶子四处飘荡

只为感谢滋润的春雨

只为感谢相伴的太阳

风中飘飞的落叶

在天地间诉说着衷肠

最好是化作春泥

让鲜活的树苗快快成长

期盼，那挂满枝头的绿叶

在春天里快乐地歌唱

总　想

总想成为
镶在蓝天上的一片云
白如素绢，轻如薄纱
安安静静地望着人间
满足于散淡自然
不与百鸟争鸣
不与百花争艳
或许是因为老矣
才学会淡定
平静的心海
不会再现惊涛拍岸

总想成为
落在大地上的一粒沙
甘心渺小，乐于寂寞
紧贴在大地母亲的胸膛
满足于安静清闲
不与江河争流
不与风暴称雄
或许是因为老矣
才学会放弃
早已视名利如过眼烟云

秋

我把秋写进诗里
　于是，我的诗
　悬挂着秋空朗月
　散发着五谷芳香

我把秋编进歌里
　于是，我的歌
　就像那秋风送爽
　像秋雨滋润心房

我把秋绘进画里
　于是，我的画
　有秋水金波荡漾
　有秋山披上红妆

我把秋播进爱里
　于是，我的爱
　秋空一样澄澈
　秋野一样芬芳

送你一片枫叶

秋风在耳边絮语
回忆已逝去的岁月
寒霜又悄然降临
染红满山的枫叶
忘不了那个秋天
我们在西山赏枫结缘
山花烂漫了视野
枫叶映红了笑脸
真情如山间清澈的潭水
又如山谷小溪潺潺
树上的鸟儿偷偷聆听
军人青春是否浪漫

青春毕竟难以挽留
时光一晃就是三十年
秋风在瑟瑟呼唤
小燕子在天空呢喃
西山的枫林变成了红云
落叶是没写完的信笺
中秋节就要到了
三十年后的月亮还是那么圆
送你一片枫叶
你我永远走不出那个秋天

太阳的轨迹

太阳，每天从东方升起
然后，又从西方沉落
任何力量都不能改变
太阳的轨迹
天空晴朗，碧空万里
彰显太阳的美丽
黑云密布，漫天风雨
谁知太阳在云中哭泣
朝迎日出，暮送日落
人们懂得了自然规律

人生如太阳
一样的轨迹
有生必有死
不变的规律
所不同的是，人生有差异
或平淡无奇，或辉煌壮丽
当然，有人灵魂肮脏
死不足惜
有的人早就死了
还活在人们心里

春天的味道

有一种味道
从泥土里钻出来了
从草叶里冒出来了
从花蕊里溢出来了
从小鸟嘴里喷出来了
从花溪里流出来了
那是春天的味道

春天的味道
清新而芳香
在平原上荡漾
在天空里弥漫
小草更鲜绿了
花儿更娇美了
小溪更欢快了
小鸟更精神了

远方的游子
思乡更心切了
因为我闻到了
春天的味道

月魂

望着十五的月亮
我的心灿然明亮
月亮像一朵白莲
在苍茫的夜空绽放
月华如洁白的素练
依偎在我的身旁
月亮恰似一盏心灯
把我的灵魂照亮

从此，我不会在暗夜里迷惘
也不会在坎坷中忧伤
月亮有一个圣洁的灵魂
她用月光亲吻着世界每一个地方
月亮的情，月亮的爱
在我的血液中流淌
不知是何时
我竟然变成了大地上的月亮

天涯

天涯很远很远
仿佛在地球那边
梦的翅膀
搏击在云雾间
太阳醒了
我还没到达终点

远处的风景
变成了无尽的思念
灯火阑珊
迷离了双眼
那不是虚无缥缈的海市
天涯，不断传来动人的诗篇

雪后

雪后
天空湿了，大地湿了
焦灼的心，也湿了
润润的，好爽呀
仿佛，灵魂洗了个澡
没有一丝沙尘

雾的纱幔，悬挂在空中
依稀看到
柳梢泛绿了，麦苗返青了
枝头上的花蕾，咧嘴笑了

来吧，蜂和蝶
跳起春的芭蕾
每年早春
心，都要醉

放飞三月

三月，空气是透明的
三月，天空是湛蓝的
三月，柳梢是嫩绿的
三月，桃花是粉红的
只有在春光明媚的季节
冰冷的心在阳光下变暖
化作一只快活的白鸟
在蓝天白云里放飞

飞到高山，亲吻欲燃的山花
唤醒花蕊里漫长的春梦
飞到平原，亲吻肥沃的泥土
感受春天芳草的味道
飞到大海，亲吻翻腾的浪花
聆听大海心脏的跳动
飞到草原，亲吻骏马的鬃毛
等待马群踏月归来

春天，让山川大地充满生机
春天，让一切生命焕发活力
感谢如诗似画的三月
感谢如情似梦的三月
三月的天最蓝
三月的水最碧

三月的梦最美
三月的歌最甜

抚摸

我用心抚摸钢琴
天籁之音
将我带进音乐王国
极目处
都是陌生的神奇

你用手抚摸诗心
诗情澎湃
将你带进诗的海洋
雪浪花
都是心脏的跳动

音乐与诗比翼双飞
相互交融
编织成七色彩虹
彩练舞
绚丽了雨后的天空

小年

今天是小年
我品尝着黄韭包的饺子
真想告诉所有的朋友
生活是如此甜美

痛痛快快洗个澡
把房子打扫得干干净净
让自己生活的小天地
从来没有如此舒适

灶王爷要上天了
再忙也要送一程
剪一架航天飞机
载他在宇宙飞行

贴上最美的窗花
点亮自己的心灯
让朋友们羡慕吧
我的心灵世界如此宁静

守望

拨动思念的琴弦
随风飘向远方
一颗悸动的心
在孤独中守望

守望，故乡的大平原
升起爱的太阳
让金色的阳光
照耀我的心房

守望，滹沱河的浪花
打湿我绿色的军装
那爱河的摇橹人
是我熟悉的姑娘

守望，那古老的圣姑庙
点燃几炷心香
为我的诗友祈祷
写出动人的华章

守望，那汉王公园的湖亭
洒满皎洁的月光
我们在月下吟诗
陶醉于富裕的故乡

心，不再沉默

是谁带走了我的灵魂
只留下干枯的躯壳
那是一位未来的诗人
点燃了我炽热的烈火

一首首含蓄的诗
如芬芳的花朵
在春天的枝头绽放
美化了我的生活

于是我的心泉开始喷发
生命的溪水荡起浪花
扬起不老的风帆
驶向期盼的天涯

笑看东方的日出
陶醉西天的晚霞
每天的日出日落
都是一首忘年的歌

淡定

风吹过来，风动而心不动
　淡定的心，沉落海底
　　听不到萧萧风声

浪打过来，浪涌而心平静
　淡定的心，如月高悬
　　听不到哗哗涛声

雨泼下来，雨冷而心俱清
　淡定的心，瑶池莲花
　　听不到唰唰雨声

冬夜

冬夜再寒冷
也不会把灵魂冻伤
灵魂的深处
有一颗爱的太阳

冬夜再漫长
也锁不住爱的疯狂
感情的潮水
把长夜激荡

冬夜再寂寞
也不能阻止血液流淌
爱沸腾到天亮
像一江翻滚的波浪

孤独

人的一生
或早或晚，或长或短
要面对孑然一身的孤独
不在孤独中奋然崛起
便在孤独中颓唐沉沦

当暴风雨袭击大地
遍地芳草在衰败中呻吟
唯有一种草叫死不了
在孤独中笑迎春天来临

戈壁大漠中的胡杨
在千年孤独中傲然挺立
它懂得生命何等可贵
即使在恶劣的环境也顽强生存

夜空的月亮有星群陪伴
白天的太阳却是孤独一轮
原来孤独也是一种美
太阳总是灿然微笑
从古到今

呼唤

诗的王国在呼唤
呼唤美丽的天使
没有你的出现
就没有春天的灿烂

你在喧嚣中沉默
一如雨中的雪莲
笑看苍茫大地
面对连绵的群山

诗在心海沉淀
没有一丝波澜
我来了，与你同行
扬起远航的帆

你的诗，化作万顷碧波
弹奏大海的琴弦
而我是一个海贝
装满大海的壮观

我们因诗结缘
在诗的王国狂欢
让别人说去吧
大道又宽又远

太阳每天都是新的

新的一年，新的一天
新的太阳，新的起点
往日的快乐和忧伤
都成为过眼云烟
日历掀开新的一页
生命又一个新的开篇

太阳每天从地平线升起
阳光依然那么灿烂温暖
而每一次日出
都是一次新的分娩
太阳的味道
每天都那么新鲜

我们应该用新的心境
迎接新的一天
用生命书写新的日记
用激情铸造新的诗篇
新的太阳是一面崭新的镜子
那里面是我们不老的容颜

入心的诗

送你一句心语
如鲜红鲜红的小太阳
温暖你一辈子
希望你每天沐浴着阳光

点亮一盏心灯
如皎洁的小月亮
明亮你一辈子
让你在黑夜不再迷茫

拨动一曲心弦
如动听的歌
让你快乐一辈子
逆境中不必忧伤

送你一瓣心香
如清醇的陈酿
芳香你一辈子
让你的生命如花绽放